엄마와 딸들의 미싱년의 역사

엄마와 딸들의 미친년의 역사

이랑 지음

이야기장수

이랑은 한국에서 태어나는 바람에 너무 고생이 많은 천재다. 그러나 그가 한국에서 태어났기 때문에 내가 노랫말을 알아들을 수 있어 정말 고맙다고 생각한다. 이랑의 빛나는 재능과 이랑의 덤덤한 표정과 이랑의 과도한 성실성을 조금 멀찍이서 지켜보던 나는, 이 책을 읽고 비로소 이랑을 사랑하게 되었다. 이랑을 사랑한다는, 리듬감도 좋은 이 말을 그의 책에 꼭 인쇄해두고 싶다. 이랑이 잊지 말라고. 나는 그가 하루를 더 살았으면 좋겠다. 곁에 있는 죽음을 노래하면서. 세상에 온 것이 힘에 부치는 모든 사람들에게, 이 책의 한 구절을 보낸다. 노래를 부르며 걸으면 좀더 걸을 수 있다. 내가 아는 가장 쉽고도 근사한 예술론이다.

_김하나(작가, 〈여둘톡〉 팟캐스터)

날마다 이랑의 노래를 들으며 걸었던 적이 있다. 하도 좋고 질리지 않아서 이 노래들은 왜 이렇게 좋은지 궁금했다. 책을 읽으며 미안해졌다. 한 사람 안에 이렇게 많은 고통과 사랑이 있다가 노래가 되어서 나오는구나. 그래서 그것들을 들으면 우리 속의 가장 약한 부분을 쓸어내린 것 같고, 이랑이 오늘도 잘 지냈길, 건강하고 행복해지길 바라게 되는구나. 이랑은 세상에서 가장 연약한 살을 가지고 있어서 이랑이 건강해지면 우리도 조금은 건강해지고, 이랑은 너무 많은 고통을 받아서 이랑이 행복해지면 우리도 조금은 행복해지는 것이다. 당분간은 잠이 오지 않는 밤에, 이랑이 오늘도 잘 자길, 너무 무섭지 않고, 사랑받고, 행복한 하루를 지냈길 바라게 될 것 같다.

_정서경(시나리오 작가)

삶은 우리에게 슬픔과 고통을 준다. 그 대가로 '진짜 삶'을 준다. 그러나 그냥 주어지는 것은 아니고 그전에 우리가 해야 할 일이 있다. 경험을 진실하게 말하는 위험을 무릅쓰기. 이 은밀하고 솔직한, 투명하고 짙은 책이 해낸 일이 바로 그 일이다. 사랑하는 사람을 잃어본 적 있는 사람이, 사랑 때문에 가슴 찢어진 채 살고 있는 사람이 이 책을 읽었으면 좋겠다. 이랑은 가장 외롭고 고통스러운 이야기에도 사랑의 자리를 남겨놓았다. 이것이 혼잣말이 되었고 인사말이 되었고 노래가 되었고 글이 되었다.

_정혜윤(작가, 라디오 피디)

책 속에는 고통과 상실이 가득한데, 왜 전해져오는 건 책장을 넘기는 손끝을 뜨겁게 하는 사랑일까.

이 책은 사람을 살릴 거야, 생각했다.

이랑 작가가 건넨 사랑이 많은 이에게 닿기를.

위로가 되고 힘을 주다가 어떤 이에게 닿아 잃어버릴 뻔한 삶을 쥐고 다시 걸어가게 하기를.

_송혜진(드라마 〈은중과 상연〉 작가)

추천의 글

이 글을 죽기 살기로 읽어주세요

가족에세이를 쓰려던 계획은 2019년쯤부터 시작되었던 것 같다. 처음에는 '선백가족'이라고 이름 붙인 나와 내 친구들 커뮤니티에 대해 쓰려고 했다. 2020년이 되어서는 그 계획이 원가족 내 여성들의 이야기를 쓰려는 것으로 바뀌었다. 2021년 여름, 엄마를 인터뷰한 것을 시작으로 나와 언니 그리고 엄마의 기록을 차근차근 모아보려고 했다. 하지만 엄마의 인터뷰가 정리되고 있던 2021년 겨울, 언니가 자살했다.

그뒤로 아주 오랜 시간에 걸쳐 고통 속에서 이 책의 원고를 써나갔다. 한 글자 한 글자 무척 느리게 썼다.

이 글이 대체 어디를 향해 가고 있는지 알 수 없었고, 언제 끝날지도 모르는 채로 2025년 봄까지 계속 썼다. 죽음에 대한 열망과 상실에 대한 고통, 그리고 사랑의 희열을 느끼며 썼다. 원고를 쓴 순서대로 엮지는 않았다. 그래서 이 책에서는 나의 4년의 시간들이 이리저리 날뛴다. 쓰는 게 고통스러웠으니 읽는 것도 고통스러울 거라는 생각이 들어 누구에게 읽어보라고 하기도 어려웠다. 죽음의 경계에서 서로를 구하는 사이인 특정한 친구 몇몇에게만 프린트해서 주었다.

긴 시간 창작자로 살아오면서 그 형태가 무엇이든 작품을 발표하기에 앞서 항상 꺼려지는 마음이 있었다. 첫 음반, 첫 책을 낼 때부터 그랬다. 누구보다 열심히 만들었다고 생각하는 작품을 앞에 두고도 마음이 기쁘지 않았다.

왜 사람들이 내 이야기를 보고 들어야 할까. 매일 잠들기 전, 다음날의 일과를 앞두고 이런 생각을 했다. 그리고 해가 뜨면 어떤 장소에 나타나 사람들 앞에 내

몸을 보이고, 목소리를 높여 말과 노래를 뱉었다. 일과
가 끝나면 갖고 있던 생명이 일정량 빠져나간 것을 느
꼈다. 나는 생명을 깎아 일하고 있구나. 내 생명을 받
아간 사람들이 그 힘으로 좀더 살기로 했다면, 나는 잘
쓰이고 있는 걸까.

'죽기 살기로' 쓴 이 책을 평소보다 조금 더 용기를
내어 발표하기로 마음먹었다. 이 책을 기점으로 조금
더 나와 내 일에 기뻐할 수 있는 사람이 되고 싶었다.
기뻐해도 좋다고 말해준 감사한 분들과 함께 이 책을
만들었다. 책이 발표된 순서대로 일본, 대만, 한국의
출판 관계자들과 독자들과 만나며 사람들에게 나눠줬
던 내 생명이 다시 차오르는 것을 느낀다. 이 순환 속
에서 살아갈 수 있음에 감사하다.

2026년 2월

이랑

차례

몸이 기억하는
장면들

사촌들이 모여 놀고 있다. 어린 우리를 통솔하는 건 젊은 막냇삼촌이다.

나는 놀고 있는 사촌들에게서 살짝 떨어진 곳에 몸을 웅크린 채 고개를 숙이고 앉아 있다.

누군가 나를 발견하고, 걱정하고, 말 걸어주기를 바라면서.

해가 떠 있는 낮시간이지만 무릎 위에 고개를 파묻고 있으면 깜깜하다.

내 세상은 언제나 이랬던 것 같다고 생각하며 그 자세를 오래도록 유지한다.

이윽고 젊은 삼촌이 다가와 쾌활하게 말을 건다.

몸이 기억하는

"랑아, 왜 그러고 있어?"

나는 아무 일도 없다고 대답한다.

대답하기 위해 고개를 들면 세상이 밝다.

세계는 움직이고 있는데 나만 멈춰 있는 것 같다.

10대 후반까지 대부분의 긴장, 흥분, 죄책감, 두려
움, 불안한 감정 들을 통틀어 '오줌 마려운 기분'이라
고 불렀었다. 각각의 감정을 구분 지어 이름을 붙이는
훈련이 되어 있지 않았다. 유치원에 다니는 나이일 때,
집에서 찍힌 사진 속의 나는 옅은 핑크색 원피스 잠옷
을 입고 있다. 그 원피스의 길이와 치맛단에서 너풀거
리던 프릴 장식까지도 기억난다. 원피스에는 어떤 캐
릭터가 그려져 있었는데, 그것만은 기억나지 않는다.
그 잠옷을 입고 작은 집안 구석구석에서 '오줌 마려운
기분'을 느끼던 순간들이 떠오른다.

식탁 밑에서, 문을 걸어잠근 화장실 안쪽에서, 아빠
가 TV를 보고 있는 작은 거실 한켠에서.

거실 바닥에는 내 손의 온기로 녹아내린 아이스크
림 줄기가 가늘고 끈적하게 흐르고 있다. 잠시 후, 어

디선가 나타난 개미 무리가 그 아이스크림 강 위를 걸어간다. 언니와 나, 남동생 그리고 엄마 아빠. 다섯 명의 가족이 함께 살던 집은 베란다 너머로 곧장 화단이 보이는 5층짜리 서민 아파트단지의 1층이었다. 베란다와 가까운 거실에 먹을 것이 등장하면 개미들도 빠르게 입장했다. 사람도 개미도 숨을 곳이 없는 작은 집이었다. 나는 고작 식탁 밑에 들어가거나, 화장실에 숨거나, 거실 끝에 앉아 바깥을 바라보는 수밖에 없었다. 베란다에서는 종종 커다란 우산을 펼쳐놓고 그 안에 들어가 있었다. 숨을 곳이 필요했지만, 숨을 곳이 없었다. 눈을 떴다 감을 때까지 누군가와 함께 있어야 했다. 몸에는 긴장감이 하염없이 흘렀다.

초등학교 4학년 때, 친구 부모님이 옷장 속에 숨겨둔 야한 비디오를 친구와 함께 보았다. 의미를 알 수 없는 행위를 하는 사람들이 화면에 나오면 '오줌 마려운 기분'을 느꼈다. 비디오를 보다 말고 화장실에 가면 막상 오줌은 나오지 않았다. 그렇다면 이 오줌 마려운 기분은 뭐지? 가짜인가? 혼란스러웠다.

삽입섹스라는 행위를 시작한 뒤, 으레 그 오줌 마려운 기분을 느꼈다. 하지만 이불 위, 침대 위에서 오줌 싸는 것은 잘못이라고 배웠기 때문에 주의해서 오줌을 싸지 않으려 노력했다. 그러면서 점점 오줌은 싸지 않지만 오줌 마려운 기분을 즐기는 감각이 생겼다. 때때로 정말 오줌을 싸야 하는 시점에 일부러 삽입섹스를 했다. 그 아슬아슬한 감각이 좋기도 했다.

30대 초반, 클리토리스를 빨아들이는 방식의 자위 기구(우머나이저, 새티스파이어)를 선물 받아 처음 사용해봤다. 20대 내내 사용한 바이브레이터와 달리 클리토리스만을 향한 강한 석션 자극에 참을 새도 없이 오줌이 새어나왔다. '이건 변기에 앉아서 사용해야 하나' 생각했다. 하지만 여러 번 반복하니 석션 자극에도 오줌을 참을 수 있게 되었다. (인간은 학습의 동물이니까.) 반면, 여성 포르노 배우들이 물을 내뿜는 것을 보았을 때는 큰 충격을 받았다. 그들은 소파 혹은 침대 위에서 오줌을 싸고 있었다. 호텔로 보이는 곳에서도, 집으로 보이는 곳에서도. 어떤 여자들은 실내에서 오줌을 쌌다. (오줌이 아니겠지만.) 시원해 보였다. 하지만 애써 깨끗하게 유지하고 있는 내 집, 내 침대 위에서는 불가능하겠지. (한 친구가 침대 위에 강아지 배변 패드를 깔면 된다고 알려줬다.)

고양이 준이치는 가끔 내 이불에 오줌을 쌌다. 내가 외박하거나 새벽 늦게 들어온 날, 나에 대한 복수의 일환으로 그렇게 하는 것 같았다. 이불과 요를 아무리 빨고 씻어도 준이치의 강력한 오줌 냄새는 지워지지 않았다. 결국 값나가는 매트리스나 이불을 버려야만 하는 일이 생겼다. 언제부턴가 바깥에 있다가도 준이치가 화나서 이불에 오줌을 쌀 시간(새벽 2~3시 전후)이라고 느끼면 허겁지겁 집으로 돌아가곤 했다.

40대에 시험관 시술을 받고 이란성쌍둥이를 출산한 친구를 만났다. 친구는 언어화되어가는 과정에 있는 어린 자녀들을 교육하며 '감정에 이름을 붙여주는 일'이 특히 어렵다고 했다. 특히 부정적이라고 분류되는 감정을 가르칠 때 그렇다고.

네가 지금 느끼는 것은 분노야.

몸이 기억하는

네가 지금 느끼는 것은 짜증이야.

네가 지금 느끼는 것은 질투심이야.

네가 지금 느끼는 것은 우울감이야.

네가 지금 느끼는 것은 수치심이야.

어떤 감정은 성인이고 엄마인 자신이 아직 해결하지 못한 것들이기에 그 감정을 느끼는 아이를 보면서 혼란스럽다 했다. 교육 면에서는 아이가 느끼는 감정에 이름을 붙여줘야 하지만 그냥 '그 감정을 영원히 몰랐으면 좋겠다, 더는 느끼시 않았으면 좋셌다'며 회피하는 자신을 발견한다고. 친구는 아이를 낳고 아이들이 점점 말을 배우기 시작하는 시기에 본인의 상담치료를 다니기 시작했다. 아이들을 성장시키기 위해서 그간 회피해온 감정들을 소화시켜야만 한다는 사명감으로. 내 친구는 훌륭한 엄마라고 생각했다. 내 친구가 내 엄마였다면 어땠을까.

몸의 긴장도가 높아질 때 자주 느꼈던 '오줌이 마려운 기분',

극한의 스트레스 상황에서 발현된 '정신이 붕붕 떠오르는 기분',

숨을 쉬어도 숨이 들어가지 않아 '너무 쫀쫀한 목폴라를 입고 있는 기분',

서 있을 수 없는 정도로 '땅이 울렁거리는 기분'.

이름 모르는 감정들 속에서 나는 혼자만의 이름 짓기를 꾸준히 해왔다. 내가 느끼는 기분이 어떤 모양인지 나의 보호자들에게 상세히 말할 기회는 없었다. 상세하게 말할 수 있었다면, 그 감정을 소화하는 방법을 좀더 일찍 알 수 있었을까. 어린 나는 보호자인 어른들 앞에서 화내면 안 됐고, 울면 안 됐고, 좌절하면 안 됐고, 슬프면 안 됐다. 그래서 얼굴을 쥐어짜서 웃고, 웃고, 그저 웃었다. 감정 표현의 자유, 기록의 자유, 상상의 자유가 없는. 그저 눈앞의 어른들에게 '모든 것이 무사하고, 그중 내가 제일 무사하다'는 신호를 발신해야만 하는 시간들이었다.

18세에 집을 떠나 가장 먼저, 가장 많이 한 행동은

몸이 기억하는

'큰 소리로 울기'였다. 가족과 함께 사는 집에서는 크게 소리 내는 것 자체가 금기였고 우는 것은 더더욱 안 되는 일이었기에, 내내 가짜 미소를 지으며 살던 집을 벗어나니 그렇게 좋을 수가 없었다. 하루종일 무표정으로 있어도 되니 최고였다. 울고 싶을 때 울긴 했지만, 진짜 큰 소리로 우는 것은 어디에서나 어려운 일이라는 것도 알게 됐다. 가끔 진짜 큰 소리로 울 수 있는 공간을 발견하면 기회를 놓치지 않고 크게 울었다. (그런 곳을 나는 '눈물 프리존'이라고 부른다. 큰 병원이나 상례식상, 혹은 음악을 크게 트는 클럽도 괜찮다.) 울고 나면 개운해지는 것도 있었지만, 체력 소모가 심하고 금방 열이 났다. 체력을 깎아가면서 크게/많이 우는 것이 점점 어려워졌다. 울지 않으면서도 몸안에 있던 무거운 뭔가가 떨어져나가는 것 같은 기분을 느낄 다른 방법이 없을까. 금방 동나는 체력을 아낄 전략이 필요했다.

나는 혼잣말을 하기 시작했다.

내 공간과 시간의 자유가 없던 집에서 벗어나 갓 태어난 아기처럼 큰 소리로 한바탕 울고 난 뒤, 한결 시원해진 가슴과 더욱 피로해진 몸을 느끼며 찾은 새로운 방법이었다. 짐승처럼 내지르던 울음소리는 점점 중얼거리는 혼잣말로 바뀌었고, 조용한 눈물은 얼굴 여기저기로 알아서 흘러갔다.

끝없는 혼잣말이었던 소리가 언제부터 노래가 되었는지는 모르겠다.

내 감정들에 이미 정해진 간단한 이름들이 있다는 것을 진작 배웠다면 많은 게 달라졌을까. 이 세상 모든 것에 이름이 있다는 걸 모두 알고 있을까. 눈에 보이지 않는 것에도 이름이 있다는 걸 알고 있을까. 나는 '나만의 이름 짓기'를 했기 때문에 작가가 될 수 있었던 걸까. 이 세상 모든 것에 이름이 있다는 걸 몰라서, 모든 것에 새로운 이름을 짓고 싶어하는 지금의 내가 된 걸까.

이미 만들어져 있는 말을 이리저리 조합해, 원래 있던 것과 새로 나타난 모든 것에 이름을 짓는 사람으로 살아가고 싶다.

엄마와 딸들의
미친년의 역사

엄마는 나를 자기 감정 쓰레기통으로 쓴다.

대부분 아빠와 관련해 화나고 속상한 일이 있을 때 나에게 전화해 하염없이 하소연을 늘어놓는 식이다. (나 빼고) 가족 여행을 가거나 뭘 선물 받았거나 하는 즐겁고 기쁜 일이 있을 땐 절대 먼저 연락하지 않는다. 언젠가 내 대답도 듣지 않고 연신 하소연을 늘어놓는 엄마에게 '엄마가 친구를 대할 때 하는 만큼만 나한테도 예의를 차려주면 좋겠다'고 말한 적이 있다. 이렇게 일방적으로 엄마가 나를 감정 쓰레기통으로 여기는 관계는 매우 좋지 않고 상대에게 무척 무례한 일이라고. 엄마는 내가 이렇게 '잘 들어주지 않고' 힘들어하

엄마와 딸들의

거나 짜증을 내면 갑자기 방향을 확 틀어 자기혐오+
아빠 혐오로 테마를 바꾼다. 마치 그렇게 해야 내가 듣
고 싶은 이야기가 되는 것처럼 말이다.

"그래그래, 네가 힘들고 죽고 싶을 만도 하지. 엄마
는 미쳤고, 아빠는 쌍놈이고, 할매들도 다 정신병자고,
친척들은 사기꾼이니."

나와 언니 그리고 남동생. 우리 셋은 오래전부터
'이씨李氏 집안의 대를 우리 선에서 끊어야 한다'고 결
의했다. 아이를 낳지 않겠다는 뜻이다. 우리들은 엄
마와 아빠, 조부모와 친척들을 둘러싼 지옥 같은 드잡
이와 폭력적인 상황에 수없이 노출되며 자란 가정폭
력 피해생존자들이다. 언니는 나를 가족이라서 사랑하
는 게 아니라, 피해생존자 동지로서 사랑한다고 말한
다. 이런 우리들이 또다른 피해생존자를 만들 수 있는
가능성이 완전히 없지는 않기에 절대 재생산(출산)하
지 않고 지옥 같은 이씨 집안의 뿌리를 뽑아버릴 계획
이다. 그런데 이런 지옥 같은 집안에서 엄마는 대체 왜

아이를 셋이나 낳은 것일까. 이 질문을 곱씹다 이 글을 쓰면서 엄마에게 물어보기로 했다.

나는 최근(2021년) 자궁경부암 진단을 받았고 첫번째 수술을 마친 상태다. 약 2주 뒤, 수술 경과를 보고 재수술을 하게 될 가능성도 있다. 수술을 하면 앞으로 출산이 어렵다고 설명하는 산부인과 의사에게 "저는 재생산 계획이 없습니다. 영원히—" 하고 딱 잘라 말했다. 수술 직전에도 간호사와 의사들이 몇 번이나 임신/출산 계획에 대해 재차 물었고, 나는 그때마다 '영원히'를 강조하며 같은 대답을 반복했다. 수술을 앞두고 나는 엄마에게 전화해 자궁경부암 진단 소식과 수술 계획, 그리고 수술 후 출산이 어렵다는 이야기를 전하며 미뤄둔 그 질문을 던졌다.

"엄마는 왜 애를 낳았어? 그것도 왜 셋이나 낳았어?"
"20대에 애 낳은 엄마들이 무슨 생각이 있어 낳았겠니. 생각이 없으니까 낳은 거지."

엄마와 딸들의

엄마는 세 차례에 걸친 자신의 재생산 경험을 '생각 없는 20대 엄마'들의 문제로 간단하게 치부해버렸다. 무척 치사한 대답이었다.

전화로 내 수술 소식을 들은 엄마는 병원이 아니라 대체의학으로 암을 치료할 수 있다며 유튜브 동영상 링크를 매일 보내더니, 며칠 뒤 온갖 대체의학 기구를 바리바리 싸들고 우리집에 들이닥쳤다. 그날 엄마가 가져온 것 중 최고 히트상품은 일본의 '미쯔이 주열기'를 카피한 국산 온열기였다. 엄마가 입이 닳도록 읊은 정보에 따르면, 미쯔이 주열기는 약 30년 전 일본의 미쯔이 도메코라는 사람이 발명했고 지금까지 일본에서 수만 명의 암환자 치료에 기여했다고 한다. 손잡이가 달린 작은 다리미같이 생긴 미쯔이 주열기를 인터넷에 검색해보니 200만 원 상당의 고가 제품이었다. 미쯔이 주열기와 비슷하게 생긴 국산 카피 제품은 그보다 5분의 1 정도 저렴한 가격에 판매되고 있었다. 그마저도 아는 사람에게 좀더 싸게 살 수 있다며 필요하면 온열기를 대신 구매해주겠다는 엄마는 나를 알

몸으로 거실 바닥에 눕힌 뒤, 그 위에 얇은 천을 덮고 60도까지 뜨거워지는 손잡이 달린 다리미로 내 몸을 열심히 다리기 시작했다. (너무 뜨거워서 중간에 55도로 합의를 보았다.) 엄마가 가져온 온갖 대체의학 기구들을 체험하는 그 몇 시간 동안, 전에 짧게 대답을 들었던 '엄마는 왜 아이를 낳았는가'에 대해 더 심층적으로 알아보기로 했다. 나는 녹음기를 켜고 엄마에게 질문을 던지기 시작했다.

랑 엄마 왜 (첫번째) 애를 낳았어?

엄마 생겼으니까 낳은 거지. 그 당시 오빠네도 애를 낳았고, 아빠 형님 댁도 애를 낳았으니까, 나도 낳았지.

1960년생 김경형金卿衡은 1983년 1월, 1956년생 이석李石과 결혼했다. 그리고 1983년 11월, 첫번째 출산으로 딸 이슬李瑟을 낳았다. 이후 한 번의 임신중절수술을 받았지만, 남아선호사상이 만연한 한국에서 검은 용 여럿이 출현하는 태몽을 꾼 뒤, 아들이라는 확신이 섰던 세번째 임신을 유지하기로 결정한다. 그리고

엄마와 딸들의

1986년 1월, 임신 9개월 만에 딸 이랑李灐을 조산했다. 아들인 줄 알았지만 딸이었던 나를 낳은 뒤, 마지막 출산이 있었던 1988년 7월 사이에 엄마는 종교를 가지게 된다. 네번째 임신에 대해 중절수술을 권하는 아빠의 말을 듣지 않고, 엄마는 낙태를 금하는 성경 말씀에 따라 신체/시각 장애를 가진 막내아들 이완李浣을 출산했다.

랑 애를 낳았을 때 어땠어? '내 인생 어떡하지' 그런 생각은 안 했어?

엄마 낳았을 때 기뻤고, 책임감 그런 것도 있었지. '내 인생 어떡하지' 이런 생각은 안 했어. 너처럼 여성 인권이니 그런 걸 하는 사람들이나 그런 생각 하지. 나는 후회하고 그럴 게 없었어.

랑 엄마 그때 대학교 다니고 있었잖아. 몇 학년이었어?

엄마 덕성여자대학교 3학년까지 다녔어. 졸업은 안 했어. 결혼하고 휴학하고, 휴학하고 나서 임신하고, '공부 더 해야지' 이런 생각은 없었어. 애기가 생겼으니까 애기 키워야지. 애 키워야 되는 사람이 학교를 어떻게 가. 아빠는…… 계속 학교를 다녔네. 그랬네.

엄마는 아이를 키우고 싶어서 낳았을까. 아니면 정말 '그냥' 낳았을까. 그냥 생겼고 그냥 낳았으니 그냥 키워야 했던 걸까. 평소 나는 '아이를 키우고 싶다'는 사람들에게 무척 공감하는 편이다. 보호와 도움이 필요한 존재를 책임감 있게 보살피는 행위는 인간으로서 다른 인간/비인간에게 할 수 있는 가장 이타적인 행동 중 하나라고 생각한다. 하지만 내가 정말 이해할 수 없는 것은 '내 유전자로 아이를 만들고/낳고 싶다'는 욕망이다. 대체 무엇 때문에 자기 유전자를 이 세상에 남기고 싶은 걸까. 나와 타인의 유전자를 섞어 새로운 인간을 만들고자 하는 그 욕망이 대체 뭔지 모르겠다. 무슨 김치찌개 끓이는 것도 아니고.

랑   그럼 애 세 명 이름 지을 때 엄마의 의견은 어느 정도 들어갔어?

엄마   아빠가 '후보 이것저것 중에 고르시오' 하고 내

엄마와 딸들의

가 고르는 정도? 후보가 뭐뭐 있었는지는 생각이 안 나. 이슬李瑟은 당시 유행했던 한글 이름에 소리에 맞는 한자를 붙였고, 이랑은 내가 태몽으로 용꿈을 꿨는데 한 달 전에 조산을 한 거야. 물이 모자란 용이라서 랑瀧이 된 거지. 이완은 낳았는데 장애가 있고 아픈 애가 나왔잖아. 그래서 병을 깨끗이 씻으라고 완浣이라는 이름을 붙였어. 나는 사전에 (완이의 장애 여부를) 몰랐어. 그때 당시는 의사들이 그런 걸 미리 안 가르쳐줬어. 얘기를 해주면 내가 아이를 낳을지 말지 고민을 하니까…… 그래서 마음의 준비를 안 했는데 아픈 애가 대어난 거지. 그래도 그땐 내가 종교를 갖고 있었기 때문에 '망했다' 이런 계산적인 생각은 안 했지.

엄마 김경형과 아빠 이석은 아무런 계획 없이, 피임하지 않고 성관계를 맺었고 언니와 나와 동생을 낳았다. 그리고 우리 셋은 엄마 아빠의 감정 쓰레기통으로 자랐다. 일찍이 사건사고가 너무 많고 폭력적인 집안이 지긋지긋했던 나는 고등학교 자퇴 후 고졸 검정고시를 보고 바로 집을 나왔지만, 언니와 동생은 독립

하지 않고 계속 엄마 아빠와 함께 살았다. 언니는 스무 살 무렵부터 각종 정신과 약을 달고 살았다. 몇 번의 자살 시도를 포함해 공황장애와 조울증, 우울증, 불면증을 20년 가까이 겪으면서도 장학금을 받으며 사범대를 졸업했다. 장애아동을 가르치는 특수교사로 10년째 재직중이지만 조퇴와 병가, 휴가를 자주 쓰기 때문에 다니는 학교 교감에게 미움을 받고 괴롭힘을 당하고 있다. 하지만 교육청에서 주는 공로상이나 감사패를 매년 받으며 특수교사로서 인정을 받는 언니다. 동생은 신체장애와 시각장애를 갖고 태어나, 돌 때까지 깁스를 하고 살았다. 돌이 지나 내반족 수술을 받고 1년 뒤, 동생이 처음 자기 다리로 걷게 되자 집에서 큰 축하 행사가 열렸던 기억이 어렴풋이 난다. 아이를 낳으려고 하는, 혹은 이미 아이를 낳은 수많은 사람들이 이 세상에 태어난 아이들이 잘살아갈 수 있도록 하고 있는 일이 대체 뭘까.

랑   종교는 왜 가지게 된 거야?

엄마   나는 항상 의미와 상징을 중요하게 생각했어. 그래서 책을 많이 보고 책을 너무 좋아했지. 엄마는 어릴 때부터 계속 외할아버지 집에 살았잖아. 우리 할아버지는 돈도 많고 힘도 세고, 동네에서 제일가는 부잣집이었거든. 어린 내가 볼 때 할아버지는 너무 멋있는 분인 거야. 근데 할아버지는 남아선호사상이 있어서 여자는 사람 취급도 안 했으니까…… 그래서 나는 할아버지에게 인정받고 싶은 갈증이 있었고, 우리 아버지에게는 연민이 있었어. 우리 아버지는 좀 조용하고 예술적인 분이셨어. 할아버지가 너무 강하니까 아버지의 내성적이고 여린 부분을 확 잡아먹었지. 그런 아버지가 불쌍해서 아버지 말을 거역 못 한 것도 있어.

그리고 우리 엄마는 정이 없었어. 모성적이지 않고 냉정했거든. 엄마라도 나를 품어줬으면 그나마 편안했을 텐데, 엄마도 나를 내치는 사람이었어. 그래서 나는 외롭게 지내면서, 또 집안의 두 남자(외할아버지와 아버지)의 모습을 보면서 마음속에 '정말 좋은 아버지를 찾고 싶다'는 갈증이 있었지. 나를 품어주면서도 대단히 능력이 있는 아버지에 대한 갈증. 종교를 갖기 전에는 공자를 좋아했어. 공자를 나의 스승이라고 생각하고 『논어』 공부를 열심히 했어. 그렇게 공자의 문하생처럼 지내다가 어떤 사람을 만났고, 그 사람이 나한테 성경을 가르쳐준다고 한 거야.

랑　어떤 사람?

엄마　자인이 엄마라고 우리 아파트 앞 동에 사는 여자였는데, 내가 정말 이상적이라고 생각하는 그런 모습의 여자였어. 너무 똑똑한 거야. 어떻게 저렇게 말도 잘하고 똑똑한 여자가 있을까? 멋있는 남자들은 책으로 많이 접했는데, 너무 똑똑한 현실 여자를 보니까 가까이하고 싶었어. 그 사람이 내가 가지지 못한 것들을 많이 가지고 있었어. 그래서 그 사람에게 성경 공부를 배웠지. 자인이 엄마 다음으로 지호 이모(조카 이름이 '지호'였던 미혼 여성)를 만나서 성경 공부를 이어갔고 그렇게 똑똑한 여자들을 만나게 된 거야. 근데 나도 똑똑하게 되고 싶다……라기보다는 내가 찾고 있던 아버지상을 성경에서 찾을 수 있어서 계속 성경 공부를 했던 것 같아. 성경은 종교를 갖기 전에도 가지고는 있었어. 나는 성경 중에 '잠언'을 좋아했거든. 성경 공부하면서 '잠언' 외에도 다른 것들을 보고 하나님의 존

엄마와 딸들의

재를 알게 되니까 눈이 트인 거야. 그동안 나는 공자가 최고 스승이라고 생각했는데 하나님은 공자랑 비교할 수가 없었어. 왜냐하면 공자는 이미 죽었고, 하나님은 현재도 살아 있는데다가 창조주잖아. 능력 면이나 여러 면에서 하늘과 땅 차이였고 비교가 안 되는 거야.

랑　엄마는 능력주의에 좀 끌리는 것 같아. 그래서 하나님한테도 끌리고, 아빠한테도 끌렸던 거 아니야?

엄마　아빠(이석)는…… 능력 있어 보이고 또 예술적인 면도 있으니까 내가 좋아했던 할아버지와 아버지의 모습을 같이 갖고 있는 것처럼…… 보였지. 아빠는 오빠의 친구였어. 내가 어릴 때 오빠랑 오빠 친구들이 항상 우르르 몰려다녔거든. 오빠 친구 중에 아빠랑 군대 동기였던 친구가 있어서 나중에 아빠도 오빠 친구 무리에 들어온 거야. 옥수동 집에 살 때 오빠는 항상 좋은 방을 쓰고, 안 가지고 있는 게 없었단다. 어쨌든 나는 부잣집 딸이었잖아. 아빠가 야심 같은 게 있더라고. 아빠는 가난뱅이라 대학 등록금도 내기 어려운 상황이었는데 우리 집안에서 공부할 수 있게 서포트도 해줬잖아.

랑 　그때 엄마 가족들은 왜 가난한 사람이랑 결혼하냐고 뭐라고 안 했어?

엄마 　당시에 내가 우울증이 있었어. 우울증이 20대 초반에 심해져서 그때 내가 살기 싫다고 하고 그랬어. 집안에서 제일 힘있고 무서운 할아버지는 남아선호사상에 빠져 있지, 아버지는 여리기만 하고, 엄마는 차갑고, 오빠는 아들이라고 재수없게 혼자 황태자 취급을 받고. 나는 딸이니까 혜택도 없고 칭찬도 없고 겉돌았지.

　어릴 때 우리집에 매일 병우유가 배달이 왔는데 나는 한 번도 먹어본 적이 없었어. 부뚜막에 불을 때서 우유를 데우는 걸 매일 봤어. 나는 그걸 할아버지가 먹는 건가 했는데 오빠가 먹는 거였어. 나는 그 집안에서 우유를 먹을 수 없는 사람이었던 거지. 뭐 대학교도 다니고 했는데 삶의 의미 그런 걸 못 찾았어. 그래서 내가 정신과를 찾아갔다? 그때 부자 동네에 살았으니까 정신과가 있긴 있었던 거야. 근데 거기서 우리 엄마를 모시고 오래. 당시에는 정신과도 별로 발달이 안 되어

엄마와 딸들의

있으니까 내가 대학생인데도 엄마를 데려오라는 거야. 엄마가 결국 정신과에 따라는 왔는데, 나를 어떻게 도와야 하는지도 모르고 그 상황이 황당하기만 했나봐. 그러더니 거길 다녀와서 집안사람들한테 아주 광고를 한 거지. "저년 때문에 내가 정신과를 다 갔다 왔다." 그렇게 집안에서 나를 아주 미친년으로 만들어버린 거야. 내 체면은 먹칠이 되고, 치료도 더 못 받고…… 엄마한테 배신감을 많이 느꼈지. 그다음엔 그냥 대학교 도서관에서 살다시피 했어. 어떻게든 혼자 헤쳐나가보려고.

랑   그게 결혼이랑 어떻게 연결이 돼?

엄마   나 혼자 도서관에서 책도 보고, 장애인복지관 다니면서 봉사 활동도 해보고 그러고 있는데, 내가 모르는 사이에 우리 오빠가 너네 아빠한테 '내 동생이 미친년인데, 네가 한번 구제해보라'고 부탁을 한 거야. '너는 내 동생을 이해할 수 있을 것 같다. 네가 잘해봐라.' 그렇게 오빠가 나를 팔아먹은 거야. 아빠는 가난한 집 애가 부잣집 딸을 만날 기회가 생긴 거니까 덥석 받았겠지. 나는 그 사실을 몰랐는데 결혼 뒤에 아빠가 나한테 말한 거야. "네가 문제가 많은 애라고 너네 오빠가 나한테 부탁을 하더라야." 지가 나를 구제한 것처럼 얘기 한 거지. 재수없게. 나는 자연스러운 만남인 줄 알았는데 그냥 또라이년이 돼가지고 팔려간 거야.

최악의 결혼 비하인드 스토리가 아닐 수 없다.

요즘 푹 빠져 읽고 있는, 여성 우울증에 대한 탐구서 『미쳐 있고 괴상하며 오만하고 똑똑한 여자들』(하미나, 동아시아, 2021) 1부 1장 「엄살」 편 '미친년의 역사'를 보면 과거 히스테리아hysteria로 불리던 질환에 대해 자세히 나온다. 의사, 지식인, 성직자 등 남성이 구축해놓은 질서에서 히스테리아 환자는 무척 곤란하고 두려운 존재였던 모양이다. 미국의 사회과학자 마크 미칼레는 히스테리아를 "남성이 그 반대의 성에게서 찾은 불가사의하고 감당할 수 없는 모든 것에 대한 극적인 의학적 은유"라고 표현했다고 한다. 본문 중 히스테리아 환자는 "야망에 찬 지식인 남성들의 미지

엄마와 딸들의

의 분석 대상, 혹은 신기한 관찰 대상이었다"라고 쓰인 부분을 읽자마자 엄마가 떠올랐다. 집안에서 미친년으로 몰려 제대로 된 치료를 받기는커녕 가난한 아빠와 친오빠 사이에서 '구제 결혼'으로 거래된 엄마.

내가 어릴 적 기억하는 엄마는 항상 우울하고, 자주 울고, 소리지르고, 신경질 나 있고, 누워 있는 모습이었다. 그런 엄마가 어린 우리를 훈육할 때 훈육이라 하기에는 너무 긴 시간이었고, 나는 그 시간 동안 정신적/신체적 고통을 심하게 느꼈다. 그래서 그 시간에 머릿속으로 이야기를 짓거나, 피아노를 치고, 노래를 부르며 버텼다. 그럼에도 불구하고 당시 어린 나에게 가장 큰 사랑과 고통을 주는 대상은 어쨌거나 엄마였다. 집에 잘 들어오지도 않을뿐더러 공공연하게 바람을 피우고, 가끔 집에 와서 소리를 지르거나 물건을 부수는 아빠는 그냥 괴물일 뿐이었다.

어느 날 소리를 크게 질러야 '화병'이 낫는다는 이야기를 어디선가 듣고 온 엄마는 그때부터 매일 산에 가기 시작했다. 집에서 나와 버스를 타고 산 입구에 도착해 어느 정도 높이까지 오른 뒤, 인적이 드문 곳을 찾아 한두 시간 정도 소리를 실컷 지르고 난 뒤 엄마는 집으로 돌아왔다. 가끔 나도 엄마를 따라 산에 갔다. 엄마가 소리지르는 아지트에 가려면 등산로를 피해 길이 없는 곳으로 한참 걸어들어가야 했다. 발을 잘못 디디면 굴러떨어질 수도 있는 산 깊은 곳에서 엄마는 "으아아아악!" 하며 괴물처럼 소리를 연신 질러댔고, 나는 "야호~" 하고 몇 번 소리를 지르다 이내 심심해져서 엄마가 소리지르기를 끝낼 때까지 주변을 맴돌며 낙엽을 줍기도, 일하는 개미들을 괴롭히기도 했다.

엄마는 보통 낮시간에 산에 갔다가 해지기 전 집에 돌아왔는데, 어느 날 엄마는 해가 지고도 한참 있다 상처 난 얼굴과 머리와 옷에 흙이 잔뜩 묻은, 만신창이가 된 모습으로 돌아왔다. 그날 엄마는 평소보다 조금 늦게 산에 도착해 여느 때처럼 인적 드문 곳에서 소리를 질렀다. 주변이 어둑어둑해질 때쯤 어디선가 한 남자가 나타나 말도 없이 엄마를 때려눕히고 주먹으로 가슴을 연달아 치기 시작했다. 엄마 말에 따르면 그 남자는 엄마를 제압하고 강간하려고 했던 모양이다. 엄마는 가슴을 세게 맞아 숨쉬기도 어려운 상황에서 "하나님 아버지! 살려주세요!"하고 힘껏 큰 소리로 외쳤다. 그 소리를 듣고 나타난 또다른 남자가 맞고 있는 엄마를 구출해주었고, 강간 미수범은 그대로 도망쳤다고 한다. 만신창이가 된 몸으로 겨우 집에 돌아온 엄마는 옷을 갈아입고 바로 병원에 갔고, 갈비뼈가 몇 개나 부러진 것을 확인하고 입원했다. 엄마는 그날 산에서 어떤 일을 겪었는지 초등학교 고학년이었던 언니에세만 사세히 말해주었고, 나는 그 이야기를 언니에서 전해 듣고서야 알게 됐다. 엄마는 나와 언니에게 이 일을 아빠에게 절대 비밀로 할 것을 신신당부했고, 우리는 '엄마가 산에서 굴렀다'는 이야기로 입을 맞췄다. 저녁 늦게 엄마의 병실에 찾아온 아빠는 "왜 바보같이 산에서 구르냐"며 집에서처럼 크게 소리를 질러댔고, 엄마는 그뒤로 산에 가지 못하게 됐다.

산에 가지 못하게 된 엄마는 답답했는지 어느 날부터 안방 장롱 속에서 소리를 지르기 시작했다. 바닥에 까는 두툼한 요와 겨울이불이 잔뜩 쌓인 장롱 속에 머리를 박고 산에서처럼 한두 시간 소리를 질렀다. "으아아아악!" 몇 겹이나 쌓인 이불과 방문 몇 개로도 막지 못하는 엄마의 괴성은 내 방에서도 들렸다. 엄마는 소리를 지르다 가래를 뱉고, 또 소리를 지르고, 또 가래를 뱉었다. 가래를 뱉는 빨간 플라스틱컵이 꼴 보기 싫었지만, 엄마가 컵을 비워오라고 나를 부르면 저항 없이 안방으로 향했다. 컵 속에서 잔뜩 출렁거리는 엄마의 가래침을 못 본 척하느라 애를 쓰며 부엌에 가서 컵을 물로 헹구고 다시 이불 속에 머리를 박은 엄마 옆에 가져다놓았다.

그때의 엄마 나이는 아마 지금 내 나이와 비슷했을 것이다. 내가 지금 이 나이에 애가 셋이라고 생각하면 미치지 않고서 어떻게 살 수 있을까 싶다. 게다가 육아에 하등 도움이 되지 않는 폭력적인 남편과 함께라고 생각하면 더더욱 그렇다. 어쩌면 나도 내 자녀를 감정 쓰레기통으로 쓰고 있을 가능성이 높다. 그런데도 어린 나는 엄마를 너무나 사랑했다. 지금도 그렇지만, 내가 아는 모든 이야기를 엄마와 나누고 싶어했다. 제때

엄마와 딸들의

식사를 챙겨주지 않아 냉장고에 든 반찬용 진미채를 배가 부를 때까지 씹어 먹으면서, 안방에 누워 있는 엄마의 팔다리를 주물렀다. 엄마가 화장하는 모습을 옆에 앉아 구경하면서 예쁘다고 칭찬했다. 아침마다 엄마와 헤어지기 싫어서 학교에 가기 싫다고 울었고, 학교에 다녀와서는 설거지하는 엄마의 등을 바라보며 하루 동안 있었던 일을 전부 이야기했다. 매일 방금 이사온 집처럼 항상 어질러진 집에서 내 방만은 항상 깨끗하게 청소했고, 가끔 선물을 대신해 안방이나 동생 방, 거실이나 베란다도 깨끗하게 치웠다. 아무도 들어주지 않는 즉흥 자작곡을 몇 시간씩 소리 내 부르고, 샤워하는 엄마가 들을 수 있도록 화장실 문 앞에 앉아 영어 교과서를 큰 소리로 읽었다. 어린 시절 집안 어른들에게 사랑과 인정을 받지 못했던 엄마가 갈증을 느꼈던 것처럼 나의 어린 시절도 마찬가지였다. 엄마를 포함해 여러 어른들에게 사랑받기 위해 혼신의 노력을 한 기억은 많지만, 막상 어른들에게 적절한 보호와 도움을 받으며 자란 것 같지가 않다. 반복되는 갈증은 사람을 미치게 만든다.

랑   엄마의 엄마는 왜 엄마를 사랑해주지 않았어?

엄마   우리 엄마는 낮에 농사짓는 집안 일꾼들 밥해주고, 가사노동을 했지. 그리고 일 끝나면 미용실 다니고 거기서 다른 엄마들이랑 고스톱 치면서 놀았어. 일은 엄청 잘해서 외할아버지한테 예쁨을 받았어. 외할아버지는 원래 아들 둘, 딸 둘이 있었는데 6·25 때 아들 둘이 납북됐고 우리 엄마 포함해서 딸 둘만 남은 거야. 우리 엄마가 큰딸. 할아버지는 납북된 두 아들 때문에 한이 많았지. 근데 경찰에서는 계속 집에 찾아오는 거야. 혹시 아들 둘이 북한 간첩이 돼서 돌아온 게 아니냐고. 할아버지 입장에서는 아들 둘을 잃고 환장할 노릇인데, 경찰은 의심하고 감시하고.

그러다 할아버지가 아들을 갖고 싶어서 밖에 나가서 동네 어떤 여자하고 애를 낳아왔어. 옛날에는 첩도 있고 그랬잖아. 우리 할아버지 할머니는 금슬도 좋았는데 아들이 없으니까. 유교사상에 따라 장자를 꼭 낳아야 된다는 거야(우리집이 그렇게 왜곡된 환경이었지). 근데 낳아보니 또 딸이었던 거지. 그 딸을 낳은 여자는 우리집 대문 앞에 애를 버리고 갔어. 만약에 아들을 낳

엄마와 딸들의

앗으면 그 사람도 신분 상승하고 호강을 하는 건데, 딸을 낳았으니 '망했다!' 싶으니까 문 앞에 놓고 도망을 간 거지. 그때는 뭐 유전자 검사 그런 것도 없이 할아버지 씨라고 하니까 거두어서 키웠지. 우리 엄마랑 외할머니는 누구 앤지도 모르는데 키우게 된 거야.

근데 할아버지 딸이 1960년 6월생이고 나는 8월생이야. 내 백일 때부터 우리 둘 사진이 있더라고. 우리는 동갑인데 그애 서열은 우리 엄마랑 동급인 거지. 어릴 때는 그냥 같이 자랐으니까 '나는 이 집 손녀딸인데, 도대체 얘는 누구지?' 싶었어. 할아버지 딸이고 나한테는 배다른 이모라는 건 나중에 알게 됐지만, 그렇게 이유도 모르는 갈등이 다 나한테 트라우마가 된 거야. 배다른 이모랑 같이 티격태격 놀기만 해도 서열이 다르니 나만 혼났어. 나는 그것도 너무 혼란스러웠거든. 이 배다른 이모가 나보다 바보 같은 앤데…… 학교에서는 공부도 못하고 오줌 싸고 찌질했거든. 또다른 찌질한 오빠는 집안에서는 황태자니까 내가 똑똑하게 말하면 오빠한테 대든다고 혼나고, 오빠는 나를 때리고. 나는 집안 어디에서도 인정을 못 받는데 나중에 커서는 정신과에 갔던 일 때문에 미친년이라는 낙인까지 찍혔으니까. 엄마는 그렇게 사람 취급을 못 받았어.

동갑내기 배다른 이모에 대한 이야기는 이전에도 엄마에게 몇 번 들은 적이 있다. 배다른 이모는 어린 시절의 엄마에게 가장 미운 존재였던 것 같다. (물론 황태자였던 오빠도 미웠겠지만.) 엄마는 배다른 이모에 대해 이야기할 때, 그 사람에 대한 일말의 동정심도 없어 보였다. 매번 못생기고, 멍청하고, 오줌이나 싸는 존재라고 강조했고, 한 번도 그 사람의 이름을 말한 적이 없다. 하지만 이름도 모르는 그 배다른 이모의 삶을 구체적으로 상상해보면 그 또한 지옥이 아닐 수 없다. 정식 결혼과 혈연으로 3대가 단단하게 뭉친 대가족 집안 대문 앞에 버려진 그의 인생 말이다. 낳은 엄마는 이미 사라졌고, 키워주는 엄마(나의 외할머니)는 자신과 같은 서열이니 그 또한 얼마나 혼란스러웠을까. 두 달 차이로 태어나 내내 함께 자란 우리 엄마가 그에게 유일하게 기댈 구석이었을지도 모른다. 어쩌면 유아기에는 서로의 몸을 맞대고 까르르 웃다 잠이 드는 날도

엄마와 딸들의

있었겠지만, 집안의 가장 큰 어른인 할아버지가 엄마에게는 할아버지고 배다른 이모에게는 아버지라는 사실 때문에 둘은 원치 않는 원수지간으로 자라게 된 것이다.

랑   그 배다른 이모라는 사람도 엄청 힘들었겠다.

엄마   걔도 힘들었겠지. 미운 오리 새끼였으니까. 아버지라고 있는 사람은 완전 무서운 할아버지고. 우리 엄마도 걔를 엄청 구박했거든. 집안에서 구박데기였지. 온갖 구박을 다 받고 오줌 싸고…… 그러니까 할아버지가 또 얼마나 속상하시겠어. 걔는 고등학교 때 가출했어. 근데 할아버지가 어디서 정보를 듣고 다시 잡아와서는 머리를 빡빡 깎았어. 밖에 다시 못 나가게. 근데 걔가 며칠 있다가 모자 쓰고 도망간 거야. 결국 그 뒤로는 영영 못 찾았어. 그게 또 할아버지의 한이 됐어. 두 아들은 남북됐지, 늦둥이 딸이라고 하는 애도 사리졌지.

대부호였던 외할아버지의 손녀로 태어난 엄마는 지

금은 무척 가난하게 살고 있다. 1대 부자인 외할아버지가 돌아가신 뒤 유산은 엄마의 부모가 물려받았다. 엄마의 오빠인 황태자는 쇠약해진 부모를 대신해 자신이 모든 유산을 관리한다는 서류를 만들었고, 아들들만을 사랑하고 딸들에게 유독 냉정했던 엄마의 엄마는 남편이 죽은 뒤 100억이 넘는 유산을 가지고 황태자 둘(엄마의 오빠와 남동생)과 함께 사라져버렸다. 그후 1년도 채 되지 않아 황태자는 말기암을 진단받고 갑자기 죽어버렸다. 막내 황태자는 사채 문제로 잠적해 현재까지 행방불명 상태다. 첫째 황태자에게 몽땅 상속되었던 거대한 유산은 오래전 미국으로 이민 간 황태자의 부인과 첫째 아들에게 넘겨졌다. 엄마의 엄마는 강남 술집 거리 한켠의 단칸방에서 지난 화려한 생활을 상징하는 자개장롱 한 짝과 함께 무척 쇠약해진 모습으로 발견되었다. 엄마는 자기를 버린 못된 엄마를 그대로 두고 볼 수 없어 결국 자기 집으로 모셔왔다. 그렇게 황태자 둘과 큰 재산을 잃은 엄마와 남편과 함께, 나의 엄마 김경형은 오늘을 살고 있다. 늙고 병든 세 명 모두 직업이 없고, 셋 중 두 명의 노령연금으로

엄마와 딸들의

간신히 생활을 이어나가는 중이다.

랑　근데 엄마는 능력 있는 사람을 좋아하면서 스스로 능력을 발현하고 싶은 생각은 없었던 거야?

엄마　내가 만약에 의식이 있어서 처음부터 '일을 해야지' 그랬다면 모를 텐데. 사실 전에는 친정이 잘살았기 때문에 내가 돈을 벌어야 하는 상황이 아니었어. 무슨 일이 생기면 친정에서 도와주고 몇 번 그랬거든. 그래서 일할 생각도 없었지만 장애가 있는 완이를 낳고 나서는 일이고 뭐고 겨를도 없었지. 장애아를 낳은 십에서는 정신이 없어. 전쟁터 같아. 장애아를 어떻게 키워야 할지 샘플도 없고, 나도 어떻게 해야 될지 모르니까 책도 찾아봐야 하고, 상담 가고, 완이 치료하러 여기저기 다니고. 전쟁이야, 다른 건 다 올스톱이지. 내가 완이에게 많이 집착했어. 얘가 초등학교에 갈 수 있나, 중학교 갈 수 있나. 머리가 부족한 것 같고 공부를 못 따라가니까, 뭐 할 때마다 걸리는 게 많고. 그래서 뇌에 대한 치료도 찾아서 여러 가지를 해야 하니까 '내 꿈을 이뤄야지' 이런 생각은 할 수가 없었지. 그런데 다행인 게 종교생활을 하면서 완이를 데리고 다니다보니까 그 커뮤니티 안에서 다들 완이를 많이 격려해주고 사랑해주고, 도움을 많이 줬어. 완이 태어나고 나서는 종교생활을 더 열심히 했지.

모든 엄마들에게 공동체 육아가 필수라는 생각이 든다. 다행히 젊은 엄마에게는 종교가 그 역할을 해주었다. 그걸 다행이라고 할 수 있을지는 모르겠지만 말이다. 나는 개인적으로 엄마의 종교에 대해 애증의 감정을 갖고 있다. 삶의 방식을 스스로 선택할 수 없었던 어린 시절, 나도 엄마의 손에 이끌려 종교생활을 10년 넘게 함께했기 때문이다. 그곳에서 또래 친구나 언니 오빠들과 어울리며 즐거운 시간을 보내기도 했지만, 아무래도 '신앙'을 가지는 것은 쉽지 않았다. 내가 보기에 성경에 나오는 유일신은 너무나 가부장적이고 남성우월주의에 물든, 이기적이고 잔혹한 신이었기 때문이다. 하지만 엄마는 같은 신에게서 '완전한 아버지상'을 찾은 모양이었다. 게다가 (엄마에게는 실재할지 모르나) 스토리로만 존재하는 완전한 아버지와, 그를

엄마와 딸들의

공유하는 공동체 안에서 육아의 책임을 나누는 것이 엄마에게는 꼭 필요한 것이었으리라.

가부장제와 남아선호사상에 물든 대가족 집안에서 태어난 우리 엄마 김경형의 '미친년 인생'은 엄마 탓이 아니다. 엄마 탓은 아니지만 엄마가 미친년이 될 수밖에 없었던 그 잔혹한 굴레 속에서 나 또한 미친년으로 자라났다. 그나마 나는 내 이야기를 세상에 꺼낼 수 있는 미친년이라 다행이다. 하지만 나뿐 아니라 엄마의 미친년 역사도 무척 소중하기에 세상에 널리 알리고 싶다.

책으로 맞으면서 자라,
책을 쓴다

여러 권 밀려 있는 책 작업을 하느라 여러 개의 원고를 돌아가면서 쓰고 있다. 이 글을 쓰다 저 글을 쓰다 보면 다 이미 했던 얘기 같아서, 새로운 얘기를 쓰고 있는지 확인하는 데 시간이 많이 걸린다. 2023년 연초에 책 작업을 위한 연대기부터 만들었다. 글을 써야 하는데 어떤 일이 언제 일어났는지 자꾸 헷갈려서 그렇게 했다. 기억을 더듬느라 그간 모아둔 많은 기록들을 들춰보았다. 기록들을 들여다보는 데에만 두 달은 족히 걸렸다. 평소 나는 기록에 집착하는 편이라 10대 때부터 지금까지의 일기장, 노트들을 다 보관하고 있다. (어린이 시절의 기록들은 없다, 보호자가 보관하지

책으로 맞으면서 자라,

않으면 사라지는 것들이다.) (가출)청소년 시절에 만든 노트들, 대학에 들어가기 전 스무 살 무렵의 노트, 대학생활을 하며 쓴 노트들, 꾸준히 같은 모델로 20년 가까이 쓰고 모아둔 메모/일기장들. 이 외에도 외장하드에 여러 차례 백업을 해가며 남겨둔 사진, 음성, 영상, 글 파일도 많았다. 기록들을 뒤지던 중 2007년, 21세 때 쓴 가족에 관한 일기를 발견했다. 읽어보니 38세인 지금의 기억보다 훨씬 더 생생한 기록이 적혀 있어서 역시 기록해두길 잘했다고 생각했다.

2007년, 21세 일기 #1

붕붕붕 정신이 떠오르기 시작한다.

몸에서 한 뼘 정도 정신이 떠올라 멍한 상태. 어릴 때는 '멀미가 난다'고 생각했다. 어쩌면 '빈혈'일지도 모른다고. 하지만 피가 모자라 어지러운 느낌과는 확실히 달랐다. 가만히 앉아 있어도 바이킹을 타는 것처럼 사물들이 앞으로 뒤로 왔다갔다했다. 원근법상

가장 가까이 있어 가장 크게 보여야 할 사람이
완두콩만큼 작아 보였다. 그럴 때면 손을 내려다봤다.
손이 저— 아래 멀리 있는 것처럼 작았다. 그것은
유영이 시작되었다는 신호다. 나에게 이런 능력이
있다는 것을 알게 된 건 초등학교 때쯤이다. 엄마에게
매맞을 준비를 하며 무릎을 꿇고 앉아 있을 때였다.
엄마가 하는 말들이 귀를 뚫고 나가 어딘가로
사라졌다. 엄마가 내는 화의 에너지는 나에게 오지
않고 나를 통과해 우주로 사라졌다. 나는 손가락을
움직이지 않고 피아노를 연주했다. 그러면 곧 엄마가
작아졌다. 급격히 작아졌다. 수없이 눈을 깜빡여 다시
봐도 엄마는 원래 크기로 돌아오지 않았다. 나는 손을
저 아래 두고 떠올랐다. 머리만 풍선처럼 커져 두둥실
떠오르는 것처럼.

　엄마 안녕~ 바이바이.

　극도의 우울증이 있던 엄마는 하루종일 누워
있거나 울거나 소리를 지르고 빨간 고무컵에 가래침을
뱉었다. 집은 항상 어제 이사온 것처럼 어지럽혀져

있었다. 뭐든지 완벽하길 바라는, 같은 옷을 이틀 연속 입지 않던 나에게 무엇보다 참을 수 없었던 건 그 어쩔 수 없는 어질러짐이었다. 집안의 모든 이불을 꺼내 쌓아놓고 그 속에 머리를 박고 소리를 지르던 엄마와, 가래통을 비워주러 안방에 들어갔을 때 느껴지던 축축한 공기, 눅눅한 이불. 밥을 먹고 나면 엄마는 바로 방에 들어가 누웠기 때문에 한 번도 설거지를 제때 하지 못했다. 싱크대에는 아침, 점심, 저녁 설거짓거리가 그득히 쌓여 있었다. 나는 그런 풍경이 낭연한 것인 줄만 알았다. 집을 깨끗이 할 기운이 없던 엄마는 이상하게도 나를 때릴 때만 기적 같은 에너지를 뿜어냈다. 몇 시간이나 지치지 않고 꾸중을 했고, 책이나 물건을 닥치는 대로 집어던졌다. 우리집에는 책이 무서울 정도로 많았다. 명문대와 명문여대 국어국문학과 출신인 아빠와 엄마는 대학 때부터 모은 책을 닥치는 대로 집에 쌓아두었다. 집안의 모든 벽은 서로 크기와 모양이 다른 책장으로 채워졌고 베란다까지도 책장이 있었다. 그렇게 많은 책장에도 다 꽂히지 못해 남은 책들은 베란다 바닥에 쌓아두었다.

　엄마가 책을 집어던질 때마다 나는 엄청난 크기의
국어대사전이 꽂힌 자리를 눈여겨보며 저 크고 딱딱한
책은 던지지 않기를, 엄마가 던지는 책을 피하며
그 생각만 했다. 울고 있거나, 누워 있거나, 소리를
지르거나, 뭔가를 던지거나, 때리지 않을 때의 엄마는
내가 책 읽는 걸 그다지 좋아하지 않았다. 집에는
책이 작은 도서관만큼이나 많은데, 그 누구도 내게
책을 읽으라고 하지 않았다. 오히려 밥상머리에 책을
가져온다며 혼을 냈다. 엄마가 집에 없을 때 나는
베란다에 산더미처럼 쌓인 책산 속에 파고들어가
앉아 엄마 아빠의 책을 읽었다. 국어대사전만큼 크고
딱딱했던, 파란색 표지의 『아라비안 나이트』(8권
양장) 그림을 보는 것을 좋아했다. 1001일 동안의
이야기와 글씨를 모두 읽을 엄두는 나지 않았고,
그림이 나올 때까지 페이지를 계속 넘기기만 했다.
아빠가 구독하던 문예지 〈현대문학〉도 좋아했다. 현대
작가들은 대담하고 야한 글을 썼다. 나는 무슨 내용인

줄도 모른 채 읽고 또 읽었다. 동인 시집과 문예지에
자주 나오는 여자의 검은 숲과 밤꽃 냄새가 뭔지도
몰랐지만 그 책을 읽었다는 걸 들키면 안 되었기에
엄마에게 물어볼 수도 없었다. 책을 사랑했지만 책이
두려웠다.

　　어느 날 중학교 친구 정아의 집에서 놀다가
걔네 엄마가 아끼는 도자기를 깨뜨린 적이 있다.
배상해줘야 할 것 같아 집에 돌아가 엄마에게
조심스레 이야기를 꺼냈더니, 엄마는 베란다에서 책을
몇 권 가져와 비닐끈으로 묶더니 이걸 정아네 집에
가져다주라고 했다. 그 책뭉치에 『아라비안 나이트』가
있는 것을 보고 내심 아쉬웠지만, 그 책을 봤다고
말할 수 없어 잠자코 정아네 집에 가져다주었다.
정아 엄마는 도자기를 깬 값으로 책을 들고 온 나를
어처구니없다는 듯 쳐다봤다. 그 집에는 책장도 거의
없었고, 책이 많지 않았다. 어릴 때 놀러가본 친구들의
집들은 우리집처럼 모든 벽이 책장으로 뒤덮여 있지
않았다. 어린 나는 친구 집에 놀러갈 적마다 "너희

집에는 책이 어디에 있어?" 하고 물었다. 친구가
책상 위에 얹힌 작은 1단짜리 책장을 가리키며 "여기
있잖아"라고 대답하면 어이가 없었다.

　책은 우리집의 일부였고 쓰레기였고, 동시에
돈이었다. 무기였고 가구였고 희망이었다.

　도서관에 가면 항상 다리가 저릿하고 오줌이 마려운
느낌이 든다. 심장이 빨리 뛰어서 책을 고를 수가
없다. (공황 증상인 듯하다.) 도서관에 책이 수없이
꽂혀 있는 이미지만 떠올려도 다리가 저리고 오줌이
마렵다. 공포와 쾌락이 몸속에 소용돌이를 만들었다.
암흑 같던 열다섯 살, 학교를 자퇴하고 도서관에서
살다시피 하면서 매일 책을 고를 때마다 그 저릿함을
느꼈다. 책은 나를 웃고 울게 하고, 내 몸에 부딪혀
나를 아프게 했다. 어린 시절 내내 닳도록 읽었던
『어린이 브리태니커 백과사전』은 지금도 어느 권에
어떤 글과 그림이 있었는지 기억 속에서도 책장을
넘겨 모두 읽을 수 있을 정도다.

책으로 맞으면서 자라,

때때로 나는 하루를 몽땅 책 정리하는 데 쓰곤 했다. 천장까지 닿는 높이의 큰 책장들과 베란다에 쌓인 책까지 합치면 어마어마한 양이었지만, 어린 나이에 어디서 왔는지도 모를 힘으로 책장을 정리했다. 주로 크기가 같은 책을 종류별로 구분했고, 전집인 경우 1권부터 또는 원제목 ABC 순으로 차례대로 꽂았다. 커다란 노동이고 스트레스였지만 동시에 쾌감이 있었다. 안방과 작은방, 거실과 베란다를 책을 들고 오가며 정리하는 내내 엄마는 어디에 있었을까. 책 성리를 하던 날을 떠올리면 그 풍경 어디에도 가족들이 보이지 않는다. 모두들 책 정리하는 나를 보고 있었을까. 나를 도와주었을까. 아니면 그때 정말 아무도 없었던 걸까.

첫번째 일기에 묘사된 환시 증상은 강도 높은 스트레스 상황에서 여전히 발현된다. 나는 인간에게 초능력이 있다고 믿는다. 어린 내가 고통 속에서 스스로를 보호할 초능력을 발현시켰다고 생각한다. 어쩌면 공황장애라고 부를 수도 있고, 환각이나 환시, 정신병으로 볼 수도 있겠지만, 내게는 여전히 초능력이다.

수년 전, 드랙 아티스트인 친구 모어가 내게 "왜 너는 무대에서 작두를 못 타니" 하며 안타까워했던 일이 종종 떠오른다. 이처럼 '무대의 맛'을 이야기하는 사람들에게 나는 전혀 공감하지 못한다. 일순, 공연중에 '우와~ 시간이 빨리 갔다' 하는 경험은 있지만, 내가 완전히 날아올랐다 하는 일은 없었던 것 같다. 내가 무대에서 하는 모든 행동은 계획된 것이고, 나는 정신을 똑바로 차리고 계획을 잘 수행할 뿐이다. 하지만 인터뷰 때 그렇게 얘기하면, 다들 뭔가 실망하는 분위기였다.

최근 사고로 몸을 크게 다친 뒤, 메일링을 시작한 친구 굉여('굉장한 여자'의 줄임말)의 〈문제적 회복기〉 첫번째 글을 읽다가 나와 완전히 똑같은 경험이 쓰여 있기에 놀랐다. 굉여는 그걸 '유체 이탈'이라고 부르고 있었다. (다음은 굉여의 메일링 내용 중 일부로, 허락

책으로 맞으면서 자라,

을 구하고 인용한다.)

나는 유체 이탈을 한다.

안 지 오래되지 않았지만, 실마리는 많았다. 어린 시절에 나는 괴로운 때면 몸에서 빠져나와 나를 내려다보며 웃곤 했다. 어떨 때는 슬랩스틱코미디를 보는 것처럼, 어떨 때는 저속한 일본 몰래카메라 버라이어티를 보는 것처럼 낄낄거렸다.

(…)

당연히 모두가 유체 이탈을 한다고 생각했다. 유체 이탈의 정체에 대해 알게 된 건 '심리학의 이해'라는 교양 과목에서다. 방어기제에 대한 수업이었는데 '해리解離, dissociation'에 대해 배우고 있었다. 해리의 증상 중 이인화離人化, 현실감 상실에 대해 필기하던 중 나는 당황스러워 어쩔 줄을 몰랐다. 필기 내용이 정확히 기억나지 않아 MSD 매뉴얼의 '이인화/현실감 상실 장애' 항목의 일부를 인용한다. 당시 필기는 장애가 아닌 증상에 대한 내용이었다는 점을 참고하길 바란다. 장애 진단은 전문가를 통해서만 이뤄진다.

"이인화/현실감 상실 장애는 자신의 삶을 외부에서 관찰하는 사람처럼 자신의 신체나 정신적인 과정으로부터 분리된 느낌(이인화) 및/또는 자신의 환경으로부터 분리된 느낌(현실감 상실)이 지속되거나 반복되는 것입니다."

내가 초능력이라고 생각했던 것은 '해리'였던 걸까. 해리장애와 이인증에 대해 알아볼수록 내가 겪어온 증상과 일치했다. 해리장애나 이인증은 정서적 학대나 신체적 학대, 방치나 가정폭력의 경험, 부모의 정신질환 등의 경험을 바탕으로 아동기 초기나 중기에 시작된다고 한다. 40세 이후 시작하는 경우는 거의 없다고.

나는 왜 이걸 초능력이라고만 생각하며 살았을까.

어린 시절, 폭발적인/폭력적인 감정 표현이 끊이지 않던 가족 구성원들에게 나는 진즉부터 질려 있었다. 때리고 욕하고 울고 소리지르는 가족들이 너무 싫어서 나는 그들과 전부 반대로 하고 싶었다. 그래서 웃음

책으로 맞으면서 자라,

과 울음을 모두 참았다. 사실 일기에 쓰여 있는 엄마의 훈육은 훈육이 아니라 학대였다. 어린 나이에 몸이 떨리게 무서운 상황을 꾹꾹 견디다보니 방어기제로 해리 증상이 발현된 것 같다. 정신을 몸에서 분리시키면 모든 상황이 '우스워' 보이기에 당장의 삶을 견디기에는 편했다.

하지만 다 자라지도 않은 어린이가 관찰자처럼 살려다보니 세상과의 분리감은 점점 커지기만 했고, 나는 그걸 컨트롤할 능력은 가지지 못한 채 기묘하게 자라버렸다. 기억나는 어린 시절의 장면 중 하나는 전신거울 앞에 오랫동안 가만히 앉아 있는 내 모습이다. 그리고 이 습관은 지금도 가지고 있다. (첫번째 에세이 『대체 뭐하자는 인간이지 싶었다』에 거울이 없으면 불안해서 미쳐버리는 나에 대해서 썼다.) 여전히 나는 주변에 거울이 없으면 내 존재를 잘 감지하지 못한다.

분리감은 계속 진화했고, 나는 38년의 인생을 '이랑'이라는 아바타를 굴리는 것처럼 살았다. 꾕어의 글을 읽고, 꾕어와 이 주제로 여러 차례 이야기를 나누면서 현재 내가 가지고 있는 특성들(분리감＋지독한 계획성)이 오래 묵은 해리장애의 부작용이 아닐까 하는 생각도 든다. 무대에서 작두를 타지 못하는 것도 포함해서 말이다.

좀 나아지면, 나도 무대에서 작두를 탈 수 있는 걸까. 완전히 몰입해서 날아오를 수 있을까.

2007년, 21세 일기 #2

어떤 기억을 떠올려본다. 죽기보다 가기 싫었던 학교. 국민학교 중학교 고등학교.

엄마는 학교에 가기 싫어 우는 나를 엘리베이터에 태워 1층으로 내려보냈고, 1층에 도착해 땅을 밟으면서부터는 웃으며 학교에 갔다. 어디를 떠올려도 검은 기억들. 검은 집. 검은 학교. 무거운 발걸음. 내가 살던 동네는 산을 타고 집들이 오르내리는, 눈이 오면 택시 기사가 화를 내며 태우려 하지 않았던 산동네였다. 교사였던 아빠가 배정받은 고등학교를

책으로 맞으면서 자라,

따라 온 가족이 서울에서 성남으로 이사를 했다.
나는 얼굴이 검고, 먹어도 먹어도 살이 찌지 않고,
머리카락이 굵고 거친, 눈매가 가는 아이였다. 별명은
석탄, 공룡.

언니는 키가 크고 힘이 셌다. 언제나 반 제일
뒤에 앉아 반장이나 회장을 밥먹듯이 하는 언니가
멋져 보였다. 키가 큰 언니는 키가 큰 친구들만
사귀었다. 그도 그럴 것이 작은 아이들은 언니같이
키 큰 친구들과 고무줄놀이를 함께하고 싶어하지
않았다. 언니는 장신의 또래 여자 친구들이나 듬직한
남자 친구들과 항상 무리 지어 다녔고, 언제나 전교
1, 2등을 놓치지 않았던 사람으로 기억한다. 나는
중학교에 들어갈 때까진 아주 작지도 크지도 않은,
45명 정도가 있는 반에서 23~24번 정도의 까만
아이였다. 고집 세고 까탈스러운 성격의 완벽주의자.
하지만 남들을 웃기는 걸 좋아해서 오락부장은 몇
번이나 맡았다. 아이러니하다. 학교를 죽도록 가기
싫어하는 아이가 학교 애들을 웃기기 위해 오락부장을

하는 모습이라니. 하지만 내가 그렇게 학교를 웃겨도,
학교는 나를 웃기지 못했다. 결국 열다섯이 되고부터
등교 거부를 시작했다.

들어간 지 2주밖에 지나지 않았던 동네
명문여고에서는 학교 역사상 자퇴는 있을 수 없다고
했다. 원래 같은 학군 안에서는 전학이 불가능했는데
어찌저찌 손을 써서 세워진 지 몇 년 되지 않은
고등학교로 나를 전학 보냈다. 새로운 학교에 첫 등교
및 자퇴를 하러 간 날. 교복을 입고 운동장에서 농구를
하고 있는, 같은 중학교를 다녔던 익숙한 얼굴들을
지나 교무실에 자퇴서를 내러 갔다. 영문을 모르는
새 학교 새 담임은 자퇴서를 들고 나타난 엄마와 내가
그의 뒤에 서 있는 줄도 모르고, 교복도 입지 않고
전학 온 나와 엄마에 대해 안 좋은 소리를 떠들고
있었다. 동료 교사들의 눈치에 뒤를 돌아다본 담임은
반가운 척하는 미소를 화들짝 지어 보였다. 마음이
어리석은 사람이었다.

아빠는 자퇴를 하고 온 마르고 검은 딸의 뺨을

한쪽만 몇 번이나 세게 쳤다. 나는 소파에 앉은 아빠의 발치에 무릎을 꿇고 앉아 뺨을 맞고 쓰러지고, 다시 일어나 뺨을 맞고 쓰러지는 행동을 몇 번이고 되풀이했다. 속으로 '왜 다른 쪽 뺨은 때리지 않는 걸까' 의문이 들었지만 입은 굳게 다물고 있었다. 결국 아빠는 내 자퇴 소식에 생활비 지원을 전면 중단하고 집을 나가 몇 달 동안 돌아오지 않았다. 언니는 그런 아빠를 찾아가 학원비를 받아서 고3 수험 공부를 했다. 그 무렵부터 언니는 나를 외면하기 시작했다. 미용실에 가면 칭찬 받을 정도로 내 눈썹을 가늘고 예쁘게 다듬어주던 언니였다.

세상이 나를 미워하는 까닭에 집에 있을 이유가 없었다. 나는 다른 애들이 학교 가는 시간에 일어나 도서관에 갔다. 하루 두 끼를 구내식당에서 해결하며 다음해 4월에 있을 검정고시 준비를 했다. 공부를 하다 지치면 열람실에서 책을 읽었다. 배가 고프면 밥을 먹고 또 공부를 하고 또 책을 읽었다. 동네 중고등학교의 시험기간이 되면 교복 입은 학생들을 피해 성인 열람실로 자리를 옮겨 공부했다. 그때 기억은 아주 단편적인 것들밖에 떠오르지 않는다. 구내식당 김밥 위에 뿌려져 있던 깨. 여러 사람들의 주둥이를 수없이 들락대다 칼처럼 날카롭게 닳은 쇠숟가락. 해가 비치는 열람실 창문가. 담배 피우는 남성들이 모여 있던 옥상. 자주 시간을 보내던 집 앞 놀이터와 벤치.

열여섯 4월, 검정고시에 합격할 때까지 그 1년 동안, 딱히 누구를 만나지도, 만나려 하지도 않았고 누군가가 필요하지도 않았다. 그저 집과 도서관만 배회했다. 그 기억 속에는 다른 사람들의 음성이 없다. 아무 소리도 남지 않은 열다섯에서 열여섯으로 가는 시간이었다.

숨어서 책을 읽고, 책으로 맞으면서 자라, 지금 이렇게 책을 쓰고 있는 나 자신이 아이러니하다. 다행히 2007년 일기에 묘사된 '도서관 공포증'은 지금은 많이 나아졌다. 그래도 여전히 책이 높고 빽빽하게 꽂힌

곳에 오래 머물고 싶지는 않기에 대부분의 책은 온라인으로 구입한다.

지금 살고 있는 방 두 칸짜리 이 집에는 허리까지 오는 낮은 책장이 각 방과 거실에 놓여 있다. 천장까지 높게 올라가는 책장은 심리적 거부감 때문에 아무래도 싫다. 지금 이 글을 쓰고 있는 내 작업방 책장의 책들은 색깔별로 구분해 꽂아두었다. 이렇게 색깔별로 책을 꽂으면 책 장르가 마구 뒤섞여 의외의 조합이 생기는 게 재미있다. 시집 옆에 과학책, 페미니즘 책 옆에 경제학 책. 색별로 정리하면서 내 책 중에는 흰색 표지 책이 가장 많다는 것도 알게 되었다. 다른 색에 비해 흰 책이 4~5배 이상 수가 많다. 다 꽂아놓고 보니 발견한 사실인데 그 이유가 뭔지 무척 궁금하다. 누군가 책표지 색에 대해 쓴 논문이 있을 것도 같다.

언니를
찾아서

_이슬 (1983.11.3 ~ 2021.12.10)

2021년 12월 10일 오전, 나의 언니 이슬이 죽었다.

　2022년 12월 10일, 언니의 첫번째 기일에 나는 신곡을 발표하며 단독공연을 열었다.

　〈삶과 잠과 언니와 나〉라는 곡이고 영어 제목은 'PRIDE'다. 아래는 〈PRIDE〉 단독공연을 앞두고 공지로 쓴 글이다.

　여름 무렵 연말 단독공연 날짜를 미리 잡아두고 준비를 하던 중, 올해 12월 10일이 저희 언니의 첫 기일이라는 걸 깨달았습니다. 생전, 저와 달리 무척

언니를

화려하고 시끄러운 공주 스타일이었던 언니는 작년 말, 3일 동안 열렸던 제 단독공연 티켓을 달라고 졸랐습니다. 그런데 일전에 제 공연에 왔던 언니가 조용한 객석 분위기와 관계없이 "우와, 우리 랑이 너무 예뻐! 귀여워!"라고 아무때나 크게 외치며 저를 부끄럽게 만든 기억이 있어, 저는 초대권 남은 것이 없다고 언니에게 거짓말을 했습니다. 그렇게 언니를 오지 못하게 한 3일간의 연말 공연을 마치고 5일 뒤, 언니가 죽었습니다.

저는 언니에게 거짓말을 했넌 걸 내내 우회하고 자책했습니다. 하지만 장례식에서 언니의 친구들이 저를 위로하며 '슬이가 랑이를 자랑스러워했다'고 말해주어 무척 기뻤습니다. 그래서 공연명을 〈PRIDE〉라고 짓고 언니를 위한 노래 〈삶과 잠과 언니와 나〉를 만들었습니다. 저희 가족 첫 차가 1989년에 산 기아자동차 은회색 프라이드였기에, 공연 포스터와 싱글앨범 디자인을 그 프라이드 자동차 이미지를 사용해 만들었습니다. 언니의 기일이라고 해서 공연에 찾아오시는 분들의 마음과

발걸음이 슬프고 무거울까봐 이 이야기를 전할지 말지 고민했으나, 언제나 그랬듯 우리 함께 아름답고 귀한 시간 만들어봅시다. 감사합니다.

사람들은 추모 리본이 그려진 핑크색 초를 들고 〈PRIDE〉 공연을 보러 왔다. 평소 내 공연은 색을 잘 사용하지 않고 주로 검은색, 흰색, 가끔 붉은 계열의 색을 쓰는 정도인데, 이때만은 언니가 제일 좋아하는 색인 핑크색으로 의상과 무대를 꾸몄다. 무대 가운데 커다란 핑크색 선물 박스들을 높게 쌓고, 주변은 핑크색 꽃으로 가득 채웠다. 공연장 천장부터 바닥까지 길고 짧은 핑크색 리본으로 장식했고, 내 머리 위에는 커다란 공주 왕관을 얹었다.

이틀간의 공연 중 첫째날 무대에서 〈잘 알지도 못하면서〉 곡을 부르다 프롬프터에서 "어려서부터 울 언니가 나보다 훨 예뻤어" 가사를 본 순간 목이 메어 부르던 노래를 끊어야 했다. 눈물이 주체를 못 하고 밖으로 터져나왔다. 헤어/메이크업과 미술 스태프가 무대 위로 올라와 얼굴과 옷매무새를 다듬어주었다. 이튿날은 공연 마지막에 등장하기로 예정된 특별 게스트 '드웨지퀸즈'가 리허설을 하는 시간이 힘들었다. 드웨지퀸즈는 언니를 포함해 총 아홉 명의 동갑내기 친구들이 만든 아마추어 라틴댄스팀이다. 1983년생 돼지띠 모임이라 돼지+Queens를 붙여 이름을 지었단다. (돼지를 약간 프랑스식으로 멋 내서 발음한 것 같다. 느.웨.지.)

공연 대기실에 1년 전 언니 장례식장에서 들은 드웨지퀸즈 공연곡이 들려오자 공황이 온 것처럼 주체할 수 없는 오열이 터져나왔다. 메이크업을 받던 도중 테이블 위로 쓰러져 한참을 울었다. 대부분의 출연진들은 드웨지퀸즈 리허설을 구경하러 무대 쪽에 가 있었기 때문에 대기실에서 오열하는 모습을 들키지 않아 다행이었다. 만약 그 모습을 봤다면 다들 어쩔 줄 몰라 하며 공연 전에 마음이 혼란했을 것이다. 나 또한 곡명도 모르는 그 화려한 댄스음악이 이렇게 감정을 흔들

줄 상상하지 못했다. 아무튼 대기실에서 한참 오열한 덕분인지 이튿날은 무대에서 〈잘 알지도 못하면서〉를 부르다 눈물이 터지지 않았다.

언니의 장례식 마지막날이었던 2021년 12월 12일 새벽. 예정대로였다면 드웨지퀸즈가 크리스마스에 공연하려고 했던 4분짜리 댄스 퍼포먼스를 언니 빈소에서 펼치게 됐다. 나의 언니가 죽기 며칠 전까지도 친구들과 함께 연습했던 춤이었다. 장례식을 치르는 동안 매일 함께 밤을 새운 언니 친구들에게 그 춤을 보고 싶다고 했다. 언니들은 장례식에서 춤은 좀 그렇다며 몇 차례 거절했다. 하지만 장례식이 완전히 끝나기 몇 시간 전, 마지막 밤을 새우며 소주를 몇 병째 들이켜던 언니들이 "그래, 마지막으로 슬이랑 같이 춤추자!"며 갑자기 결심을 굳혔다. 술기운 때문인지 뭔지 정확한 이유는 모르겠다. 누군가 차에 있던 블루투스 스피커를 가져왔고, 만취 상태로 리허설을 한두 차례 해본 언니들은 새벽 3시쯤 크게 음악을 틀고 빈소에서 공연을 펼쳤다. 엄마 아빠 동생과 나, 그리고 그 시간에 빈

언니를

소를 지키던 언니 친구들과 내 친구들이 울고 웃으며 공연을 보았다. 공연 내내 장례식장 벽을 잡고 오열하는 사람도 있었다. 아홉 명이 대열을 맞춰 연습했던 춤인지라 한 명의 빈자리가 자꾸만 눈에 들어왔다. 언니의 빈자리는 너무 눈에 띄는데, 어떤 친구들은 그 광경을 부정하려는 듯 "슬이 잘한다! 슬이 예쁘다!" 하고 큰 소리로 외쳤다. (설마 내 눈에만 언니가 보이지 않는 건가?) 춤을 추는 언니들 뒤로 강아지를 등에 업은 채 웃고 있는 언니의 영정사진과 그 옆에 걸린 보라색 공연복이 성말 이상해 보였다. 이틀 전까시만 해도 웃고, 울고, 춤을 추던 언니였는데.

'언니, 그렇게 기대하고 준비했던 크리스마스 공연도 안 하고 왜 죽은 거야. 나보고 크리스마스 공연 보러 오라고 해서 일정도 빼놨는데.'

공연이 끝나자마자 소음 때문에 제지하러 내려온 장례식장 직원들과의 다툼이 시작됐다. 4분만 음악을 틀겠다고 미리 양해를 구했건만 왜 그 4분간의 음악과 춤을 참아주지 않는지 너무 서운했다. 아니 화가 났다. 언니들이 춤을 추는 4분 내내 내 옆에서 '그만하라고, 소리 줄이라고' 잔소리했던 병원 직원에게 공연이 끝나자마자 '그것도 못 기다려주냐'고 소리지르며 항의했다. 직원에게 화를 내고 있는 내 옆으로 와 점잖게 '우리 딸 마지막 공연이다' 어쩌고 몇 마디 내뱉기 시작한 아빠는 곧 급발진하더니 엄청 큰 목소리로 '이 새끼 저 새끼' 직원에게 욕을 하고 소리를 질렀다. 흥분을 가라앉히지 못하고 심한 욕을 내뱉던 아빠는 곧 언니의 친구들에게 질질 끌려나갔다. 아빠가 소리지르는 동안 내 (나름대로 소리지르고 있던) 목소리는 완전히 묻혀서 들리지도 않았다. 오랜만에 듣는 아빠의 고함소리는 여전히 파괴력이 있었다. 나는 아빠의 무지막지하게 큰 그 목소리를 평생 싫어했다. 무서워했다. 그렇지만 장례식장 직원과 싸울 때 엄청난 힘을 발휘하는 그 목소리가 한순간 부럽기까지 했다. 내 목소리는 아무리 해도 아빠만큼 커지지 않았다. (나는 가수인데⋯⋯)

온 가족 구성원이 화가 많고 예민한 우리집에선 언

제나 고성방가가 끊이질 않았다. 동시에 예술적 기질도 많아서 엄마 아빠는 시를 쓰고 노래를 하고, 동생은 피아노를 치고 노래를 하고, 언니는 춤을 추고 노래를 했다. 그러고는 또 박 터지게 싸우다 한 번씩, 한 명씩 부엌에서 칼을 쥐고 나와 휘둘렀다. 어떻게 보면 스펙터클, 어떻게 보면 지옥 같은 광경이 자주 펼쳐졌다. 장례식장에서마저 댄스 공연을 하고, 공연이 끝나자마자 욕하고 소리지르며 싸운 것까지도 전부 괴롭고 웃긴 우리 가족의 풍경이었다. 귀신이 된 언니가 그 모습을 봤다면 다들 미쳤다며 껄껄 웃을 것 같았다.

매 순간 폭발 직전인 집안 분위기 속에서 나는 언니를 많이 따랐다. 두 살 터울의 남동생이 장애를 갖고 태어난 뒤, 더더욱 나를 돌볼 여유가 없었던 엄마와 아빠에게선 받을 애정이 남아 있지 않았다. 나에게는 언니가 유일한 구원자였다. 동생은 태어나자마자 몇 차례 수술을 받으며 병원에서 지내야 했고 나와 언니는 외할머니 집에 맡겨졌다. 그 당시 부유했던 외갓집 마당에서 유아용 액세서리를 나눠 걸치고 찍은 언니와 내 사진이 남아 있다. (하지만 기억에는 없다.)

어릴 때는 언니의 모든 것을 따를 준비가 되어 있었지만, 머리가 점점 크면서 나와 언니의 성향은 극명하게 갈렸다. 나는 음침하고 모던한 것을 좋아했고, 언니는 점점 더 화려하고 시끄러운 곳을 향해 갔다. 스무 살이 된 언니는 코와 배꼽에 피어싱을 걸고, 미니스커트 차림에 힐을 신고 온갖 춤추는 클럽에 다니기 시작했다. 춤과 술을 즐기던 언니는 이내 라틴/살사댄스에 빠져들었다. 대학 졸업 후 전공을 살려 특수교사가 된 언니는 평일엔 교사로, 주말이면 강남 살사클럽의 댄서로 두 직업을 넘나들며 살았다. 두 가지 다 최선을 다했다.

방송댄스, 라틴댄스 등 주로 빠르고 신나는 음악에 맞춰 춤을 추던 언니는 어느 날인가부터 음악도 없이 거실에서 흐느적거리며 컨템포러리한 춤을 추었다. 언니 말로는 '형식이 있는 춤이 지겹고, 자기를 표현할 수 있는 자유로운 즉흥 춤이 좋다'는 게 이유였다. 오랜만에 집에 방문해 조용히 식탁에 앉아 있던 나에게 언니는 이처럼 자유로운 몸짓으로 자기표현을 할 것을 권했다. 우리 가족은 어디서나 춤을 추는 언니를 곁에 두고 사는 것이 아무렇지 않았다. 몇 년 전, 내가 추석에 찍은 비디오에는 엄마와 아빠가 부엌에서 요리를 하고, 언니는 거실에서 혼자 섹시한 춤을 추고 있는 모습이 담겨 있다. 174cm의 장신에, 골격도 크고 목소리도 크고 몸짓도 큰 언니가 좁은 거실에서 웃으면서 춤을 추는 그 영상이 좋아서 친구들에게도 많이 보여주었고, 지금도 가끔 들여다본다.

반대로 나는 무대에서 노래도 하고 말도 하지만, 가족들과 함께 있는 집에서는 그 어떤 예술적 활동의 씨앗조차 보여주지 않았다. 내가 뭔가 표현하는 걸 가족들이 보는 게 싫었기 때문이다. 언니와 남동생이 몇 번 내 공연을 보러 오긴 했으나 그것도 내가 초대한 것은 아니었다. 엄마 아빠는 한 번도 보러 오지 않았고 초대한 적도 없다. 엄마와 아빠가 인터넷을 통해 내 활동을 외울 정도로 보고 있다는 것은 알고 있다.

언니의 첫번째 기일에 열린 〈PRIDE〉 단독공연 이후 한 달이 넘게 아팠다. 병원에서는 독감이라고 했지만 독감이 아닌 것처럼 오래 아팠다. 모두가 인사를 나누는 연말 연초에 그 어떤 만남도 않고 그저 앓기만 했다. 아침에 눈을 뜨면 병원에 가서 주사를 맞고 집에 돌아와 잠을 잤다. 다음날도 그다음날도 일어나면 병원에 가고, 돌아와 잠을 자면서 새해를 맞았다.

여전히 어딘가에서, 누군가에게 '언니가 죽었다'고 말할 때마다 타격감이 크다. 말을 내뱉을 때마다 회초리로 맞는 기분이다. '죽었다'라는 말 말고, 뭔가 내가 말하기 편한 표현이 없을까 여전히 고민하고 있다. 한국어에는 '돌아가셨다'는 표현이 있다. 나이가 많은 윗사람에게 쓰는 표현이기에 내 또래나 젊은 사람의 죽음에는 그 표현을 쓰지 않는다. 그렇다면 어떤 선택지가 있을까.

저승에 갔다. 이승을 떠났다. 하늘에 갔다. 사망했다.
그 어떤 말도 내 말 같지 않다. 그 어떤 말도 언니에게 어울리지 않는다.
언니는 미래를 더이상 궁금해하지 않기로 했다.

죽음을 선택하고 죽음을 실행했다.

언니는 이곳에서 사라졌다.

살면서 가장 오래 알았던 한 사람.

내가 태어났을 때부터 나를 '내 동생'이라고 부를 준비가 되어 있던 사람.

모두에게 사랑을 베풀고 마음을 썼던 사람.

하지만 무엇보다 무한하고 온전한 관심과 사랑을 받고 싶었던 사람.

ㅡ 한 사람의 인생과 이야기가 중난되었다. 나는 언니가 남긴 생각의 조각, 말의 조각을 찾아 언니와의 관계를 혼자 업데이트해나갈 수밖에 없다. 이것은 내가 살아 있는 동안에만 가능한 일이리라.

세 가지 죽음과
세 가지 사랑

2016년 6월 12일, 오랜 친구 M이 자살했다.

죽기 전 약 2년 동안 M은 성형수술 부작용으로 무척 아픈 시간을 보냈다. 그 누구도 책임지지 않는 고통의 시간. 온갖 병원을 돌아다녔지만 제대로 된 병명 하나 얻지 못했다. 병명이 없기에 책임지는 사람은 더더욱 없었다. M은 각종 대체의학과 비밀스러운 치료요법을 찾아 전국 방방곡곡을 돌아다녔고 몸은 갈수록 쇠약해졌다.

M은 자기가 아프다는 이야기를 뒤늦게 친구들에게 알렸다. 성형수술을 했다는 사실을 부끄러워했기 때

세 가지 죽음과

문이었다. 몰랐던 사실이나 뒤통수가 납작한 것은 M 의 평생의 콤플렉스였다. M은 강남의 한 성형외과에 서 뒤통수에 보형물을 삽입하는 수술을 했다. 이후 머 리가 깨질 듯한 두통과 시리고 저린 통증이 온몸을 타 고 흐르는 신경 이상 증상이 시작됐다. 통증이 심해 삽 입했던 보형물을 제거하는 수술을 다시 했다. 그뒤로 신경 이상 증상은 더욱 심해져 M은 일할 수도, 밖에 나갈 수도 없이 작은 방 안에서 힘없이 누워 있게 되었 다. M이 처음 이야기를 털어놓았을 때, 나를 포함한 여러 친구들은 그를 면전에 누고 타박했다.

"어쩌자고 함부로 머리 수술을 했어! 네 납작한 뒤 통수 따위를 누가 신경쓴다고!"

어리고 어리석어 했던 실수라고 생각하지만, 그때 M에게 했던 말을 두고두고 후회한다.

M이 아프다는 고백을 한 뒤, 우리들은 정기적으로 모이는 약속을 만들었다. 한 달에 한 번 용산역 앞 포 장마차에서 만나거나 그나마 서울 중심부에 사는 친구 집에서 모였다. M은 매일 다양하게 진화하고 변화하

는 통증에 대해 이야기하며 소주를 마셨다. 최근 새로
시도해보고 있는 대체의학 치료법을 열성적으로 설명
하기도 했다. 아픔과 고통에 서툰 우리들은 그를 놀리
기도 하고 응원하기도 하며 그 모임을 느슨하게 이어
나갔다.

그러다 내게 일이 터졌다. 섣부르게 만남을 시작한
파트너에게서 폭력 피해를 당한 것이었다. 동거중인
집에서 도망쳐 나와 준이치를 친구에게 맡기고, 트렁
크 두 개를 들고 몇 달 동안 여기저기 떠돌았다. 나를
죽이겠다고 협박하는 파트너를 피해 숨어 지내야 했
다. 그러다보니 M과의 모임도 흐지부지됐고 나를 빼
고 모임이 열렸는지도 신경쓸 겨를이 없었다. 그렇다
고 아파서 고생중인 M에게 내 지금의 이야기를 털어
놓을 수도 없었다. '그때 그냥 털어놓을걸……' 지금
은 후회한다. 각자의 아픔과 외로움을 그때 서로 얘기
할 수 있었다면 어땠을까. 당시 나는 파트너로부터 끊
임없는 폭언과 협박에 시달리고 있었고 그 사실을 어
디에 알릴 수도 없었다. '알리면 더 큰 피해를 가하겠

다, 죽이겠다'는 말을 반복해서 들었기 때문이다. 죽음의 공포를 느끼면서 대외적으로는 앨범 준비도 하고 드라마 감독도 하고 공연도 했다. 틈틈이 폭언이 쏟아지는 전화기를 붙들고는 죽고 싶은 마음을 견디며 하루하루 살아내기 바빴다. 그 와중에 서울퀴어퍼레이드에 드랙퀸 모습으로 꾸미고 가자는 친구들과 화장 연습을 하는 모임이 시작됐다. 모든 게 겁나고 싫었던 그 시기에 친구들과 모여 화장하는 일은 내가 다른 사람이 되어 자유로워지는 치유의 시간이었다. 나는 화장 모임 사진을 SNS에 사주 올렸다. 한편, 봉증과 싸우며 점점 움직이기조차 어려운, 외로운, 고립된 시간을 보내고 있던 M은 내 떠들썩한 모습을 보는 게 힘들었는지 그즈음 내 SNS를 언팔했다. (이것은 M의 죽음 이후에 알게 된 사실이다.)

2016년 6월 11일. 나는 오전부터 화장 모임 친구들과 함께 퀴어퍼레이드에 갈 준비를 하고 있었다. 전신 망사 타이즈를 입고 화장하는 틈틈이 담배를 피우며 SNS를 들여다봤다. 어지러운 타임라인을 습관적으로 슥슥 올려보다 M이 쓴 짧은 말들이 눈에 들어왔다.

"사랑했고, 사랑해요."
"나는 이제 여기에 없나봐요."
"얼마나 슬펐으면 그랬을까. 그 맑은 행동."

그 말들을 훑으며 '이 녀석, 우울증이 심해졌나보
군, 내일쯤 전화 한번 해봐야겠다' 생각했다. 그리고
친구들과 함께 퀴어퍼레이드에 가서 반나절 동안 하하
호호 즐겁게 시간을 보냈다. 높은 구두에 낯선 화장,
평소에는 입지 않는 옷을 입고 서울 한복판을 걸으니
신이 났다. 일상 속에서 나는 숨어 지내는 폭력의 피해
자였기에 더 그랬던 것 같다. 퀴퍼에서 돌아와 한숨 푹
자고 일어나 전날의 화려하고 즐거웠던 사진들을 보다
가 M에게 전화하려던 생각을 까맣게 잊어버렸다.

그 시각 M은 산 위에 올라 자기 몸을 산 아래로 내
던졌다. 부고는 그다음날인 13일, 단체메일을 통해 전
해졌다. 장례식은 너무나 조출했고 하나뿐인 자식을
잃은 편부에게 M이 언제 어떻게 어떤 모습으로 죽었

세 가지 죽음과

는지 자세히 질문하기가 어려웠다. 그래도 나는 알고 싶었다. M의 집에서 그가 즐겨 입던 청재킷 하나와 천가방, 그리고 우리가 함께 놀며 찍었던 필름사진 여러 장과 그의 군번줄을 챙겨 가지고 왔다. 천가방 속에는 먹다 만 약봉지와 통증의 변화를 기록해둔 메모, 그리고 한강 작가의 책 『흰』이 들어 있었다. 내가 놓친 그의 마지막 시간을 알고 싶었다. 그가 다 읽지 못한 책을 이어서 읽었고, 그의 옷을 입고 공연을 하러 갔다. 내가 그를 얼마나 아끼고 사랑하는지 한마디라도 더 말하고 싶었다.

M이 죽고 몇 년 뒤인 2019년 3월, 소중한 동갑내기 친구 D가 예상치도 못한 간암 말기 진단을 받았다. 나는 허망하게 막지 못했던 M의 죽음을 떠올리며, 이번만큼은 내 모든 에너지를 D의 투병을 돕는 데 쓰기로 결심했다. D의 형편은 일을 그만두면 당장 다음달 월세도 못 내는 상황이었지만, 말기암 진단 직후 그의 몸 상태는 일은커녕 밥 한 술 뜨는 것조차 어려울 정도로 급격히 나빠졌다. 나는 그가 투병하면서 쓸 생활비

를 지원하기 위해 약 50명의 인력을 모아 〈앨리바바와 30인의 친구친구〉라는 이름의 웹매거진을 기획/발행했다. 처음부터 D의 치료비 지원을 위한 프로젝트로 꾸렸기 때문에 50명의 참여 인력에게 수익의 각 1%씩 분배하고, 나머지 반인 50%를 매달 D와 그의 보호자 겸 동성 파트너인 C에게 지원했다. 웹매거진을 발행한 6개월 동안 구독료로 6천만 원을 벌었고 그중 반인 3천만 원을 치료비로 지원했다. 치료비를 지원할 수 있어서 기쁘고 뿌듯하긴 했지만, 기획부터 발행 그리고 후처리로 1년 동안 단 하루도 쉴 수 없었다. 그 와중에 내 생활비를 버는 일은 별도로 만들어야 했다.

결국 이 일 저 일 너무 많이 하느라 막상 D와 함께 시간을 보낼 수가 없었다. 내가 한 선택이 맞는 건지 점점 의구심이 생겼다. 나는 어떻게 했어야 하는 걸까. 가난한 친구의 투병을 내 가난 속에서 지켜보며 서로의 가난과 고통을 이야기했어야 한 걸까. 아니면 친구와 멀리 떨어져 죽도록 일하고, 그가 조금이라도 편안한 투병생활을 할 수 있게 돈을 보내는 것이 맞았던 걸까.

여전히 답은 알 수가 없고, 이미 했던 선택을 되돌릴

세 가지 죽음과

수도 없다.

　D는 1년 반 정도 투병한 뒤, 2020년 7월에 사망했다.

　D의 투병 기간 동안 에너지를 너무 많이 소진한 탓인지 곧이어 내가 아프기 시작했다. 2021년 8월, 자궁경부암 진단을 받았고 10월에 수술을 했다. 그후 몇 개월 동안은 혼자서 계단을 오르내리지 못할 정도로 몸이 쇠약해졌다. 자궁경부암 진단을 받을 즈음 세번째 정규앨범 〈늑대가 나타났다〉를 발표했기 때문에 병원을 다니는 틈틈이 앨범 홍보를 위한 행사들을 치렀다. 12월 3일부터 5일까지, 나는 걷지도 못하는 상태에서 앨범 발매 콘서트를 3일 동안 치러야 했다. 제대로 서 있지도 못해서 앉았다 일어났다 하며 무대를 했다. 중간에 잠깐 휴식을 취하기 위해 쉬는 시간도 만들었다. 그 시간엔 무속신앙인 친구와 기독교인 친구가 함께 무대에 올라 (크리스천 스타일과 무속 스타일을 섞어) 나를 위한 기도 퍼포먼스를 했다. 온갖 신을 향해 나의 건강을 기원하는 기도를 들으며 사람들은 웃다가 울었다.

힘들게 치른 단독공연이 끝나고 5일 뒤인 2021년 12월 10일, 형부에게서 '언니가 죽었다'는 전화를 받았다. 언니는 그 전날 나에게 전화를 걸어 한 시간 정도 삶의 고됨을 토로했다. 그런 언니에게 '전화기를 끄고 일주일만이라도 조용히 쉬라'고 충고했다. 언니는 울먹거리며 '얘기 들어줘서 고맙다'고 말했다. 그리고 다음날 아침, 언니는 자살했다. 나는 일주일만 쉬라고 했는데, 왜인지 언니는 영원한 쉼을 선택했다.

나는 2016년부터 돌연히 시작된 이 연속된 죽음을 도저히 소화할 수가 없었다. 죄책감으로 괴로웠고, 무력감을 느끼고 싶지 않아 몸과 시간을 바쳐 열심히 도왔다. 그래도 사랑하는 사람들이 죽었다. 사랑하는 사람들은 계속 죽어 사라졌다. 내 얼굴을 들여다보는 게 싫었다. 이전에는 거울을 보는 것, 스스로를 끊임없이 관찰하고 온갖 미디어로 기록하는 것이 중요했는데 무기력하고 지쳐서 더는 볼 수가 없었다. 나를 돌봐야 한다는 것도 알고 있었지만, 한 명이라도 더 내 곁에서 사라지지 않게 하기 위해서 바깥으로만 에너지를 썼

세 가지 죽음과

다. 돕다보니 도움을 청하는 소리가 끊이지 않고 찾아왔다. 언젠가부터 나는 '돕는 사람'이 되어갔다. 아픔과 통증, 죽음에 대한 주제로 이야기하고 창작하는 사람/예술인이라는 위치 때문인지 죽음의 경계에 선 사람들이 내게 구조 요청 메시지를 보내기 시작했다.

"이랑님, 제가 살아야 하는 이유 한 가지만 말해주세요."

"이랑님, 제 친구가 자살 시도를 반복하고 곧 죽을 것 같아요. 이랑님을 너무 좋아하는 친구이니 한 번만 연락해주시면 안 될까요."

"이랑님, 저는 너무 죽고 싶어요. 하지만 제가 죽어도 당신 탓은 아니니 괘념치 마세요."

어떤 때는 불안해서, 누구 한 명이라도 더 죽으면 안 될 것 같아서 모르는 누군가가 부르는 소리에 대답하고 위로의 말을 건넸다. 그러면서도 내내 혼란스러웠다. 나는 활동가인가 아니면 예술가인가. 나는 정신과 의사가 아닌데 왜 상담을 하고 있나. 왜 이 사람들은 나에게 찾아올까. 오히려 매일 밤 죽고 싶다는 열망과 그 길로 가려는 몸과 마음을 '죽도록' 참고 있는 것은 나인데. 사람들은 그걸 알까, 모를까. 알면서도 모른 척할까. 왜 나한테는 먼저 손 내미는 사람이 없을까. 나는 살려달라고 DM을 보낼 곳도 없는데. 왜 내 친구들은 나를 떠났을까. 울면서 부르짖고 괴로워했다. 울면서 노래를 지어 불렀다. 내 입에서 흘러나오는 노래 가사를 울면서 받아 적었다. 울면서 가사를 다듬었다. 완성한 노래를 세상에 꺼내놓았다. 그리고 약을 먹고 잠이 들었다. 내 꿈속에는 여전히 서른다섯 살인 M과, 여전히 서른네 살인 D와, 여전히 서른여덟 살인 언니가 등장했다. 언니의 마지막 말도, M의 마지막 말도, D의 마지막(은 아니지만 투병중 자주 했던) 말도 전부 '사랑'이었다는 것이 갑자기 기억났다.

사랑해, 이게 내 진심.
사랑했고, 사랑해요.
애들아, 사랑해.

세 가지 죽음과

내년에 나는 언니와 같은 나이인 서른여덟이 된다.

후년에는 언니보다 한 살 더 나이를 먹는다.

언니보다 언니가 된다.

다이아몬드가 되어버린
언니

언니를 화장하고 난 뒤 받은 유골을 언니의 평소 생활 반경과 관계없는 지방의 납골당이나 수목장에 가져다놓기 싫었다. 그래서 장례가 끝난 뒤 일단 언니(와 형부)의 집 화장대 위에 유골함을 놔두었다. 이렇게 계속 두어도 되는지 검색해보니 온습도가 맞지 않으면 유골도 곧 썩는다고 하기에 그때부터 형부와 함께 적당한 유골 보관법을 알아보기 시작했다. 종종 주변 친구들이 동물 유골로 메모리얼 스톤을 만들었던 게 떠올라 그와 비슷한 것이 없나 찾아보았다. 그러다 '메모리얼 다이아몬드'를 제작하는 스위스의 한 회사를 찾아냈다. 유골에 고온과 압력을 가해 다이아몬드로

다이아몬드가 되어버린

만들어 오랫동안 보관할 수 있게 하는 것이었다. 형부에게 이 발견을 이야기해주니, 형부는 언니가 생전에 다이아 액세서리를 갖고 싶어했다며 갑자기 그걸 사주지 못한 자신을 자책하기 시작했다. 그렇지만 다이아몬드를 갖고 싶었던 언니 스스로를 다이아몬드로 바꿀 수 있게 된 것이 아닌가. 그렇게 우리는 언니 장례식에서 받은 부의금으로 언니를 다이아몬드로 만들기로 정했다.

사십구재를 마치고 스위스에 유골을 보냈다. 약 6개월 뒤, 나와 형부가 하나씩 나눠 가질 다이아몬드 두 개가 도착했다. 주얼리 숍에서 으레 볼 수 있는 다이아몬드처럼 세공을 하면 반짝거리는 보석 느낌이 더 났겠지만, 그 세공은 너무 비싸서 우리는 원석에 가까운, 코딱지만한 투명 알갱이 상태의 다이아를 받았다. 실물을 받아보니 생각했던 것보다 더 작아서 여기서 세공이 들어가면 아예 사라지는 게 아닌가 싶을 정도였다. 흘린 코딱지보다 작은 다이아를 담은 케이스만 쓸데없이 컸다. 이 케이스를 보관할 수 있는 보석함도 따로 보내줬는데 그건 더 컸다. (마치 러시아 인형 마트료시카처럼.) 어쨌든 나는 엄청 큰 자개 보석함 안에 든, 나무 케이스 안에 든, 아주 작은 보석언니를 갖게 되었다.

이 보석언니를 어디다 어떻게 보관할지 또 고민이 시작됐다. 귀나 코 피어싱으로 만들까 하는 생각이 제일 먼저 떠올랐는데, 샤워중에 떨어져 하수구로 흘러들어가는 상상을 하니 너무 무서웠다. 그간 샤워중에 귀걸이가 하수구로 빨려들어가는 사건을 종종 겪었기 때문이다. 그렇게 하수구로 빨려들어간 귀걸이들엔 별로 후회가 없지만, 언니 다이아는 일단 엄청 비싼데다 이건 보석이라기보다 언니 그 자체를 잃는 게 되니까 그런 일이 생기면 절대 안 됐다.

언젠가 일본 가정집에서 봤던 작은 제단 같은 걸 집에 두고 싶었다. 하지만 한국에는 그런 문화가 없어서 (제사는 있지만 집안에 상시 두는 제단은 없다) 마땅한 제단을 찾기 힘들었다. 작은 부처님이 들어 있는 불교용 불단은 있었지만 그런 건 예쁘지 않았다. 공주 취향인 언니에게 어울리는 특별한 제단을 만들고 싶었다.

다이아몬드가 되어버린

어렸을 때, 공주 인형은 있었지만 공주 인형집(2층짜리 핑크색 저택)이 없었던 언니와 나는 평생 동안 그걸 한으로 품고 살았다. 하지만 이제 그 정도 지출은 얼마든지 가능한 어른이 되지 않았겠는가! 곧 최고 멋진 공주 인형집을 사서 언니의 제단으로 쓰겠다는 결심이 섰다. 당장 친구를 데리고 대형 쇼핑몰의 어린이 장난감 파는 곳으로 향했다. 여러 인형집을 살펴보았는데 막상 제단으로 쓰기 그리 적합해 보이지 않았다. 실망하던 참에 인형 침대가 눈에 들어왔다. 핑크색 캐노피 침대에 흰 레이스 커튼이 달려 있고 하트 무늬 이불과 하트 모양 쿠션도 들어 있었다. (인형은 들어 있지 않았다.) 가격도 무척 저렴했다! 단숨에 사가지고 돌아와 거실 책장 위에 올려두고 그 안을 꾸몄다. 언니의 사진, 편지, 마지막 말들을 남긴 일기장, 언니의 반지와 귀 피어싱, 향수 들로 침대 안을 채웠다. 당연히 침대 가운데에는 다이아몬드가 된 언니도 놓아두었다. 그렇게 무척 만족스러운 '언니 메모리얼 센터'가 차려졌다.

교사 월급으로 부모와 할머니, 남동생까지 돌봐야

했던 언니는 생전에 자기 자신을 위해 그리 많은 돈을 쓰지 못했다. 그래도 예쁘고 반짝이는 걸 갖고 싶었던 언니는 금세 좋은 대안을 찾아냈다. 바로 중국 인터넷 쇼핑몰인 '알리익스프레스AliExpress'에서 쇼핑을 하는 것이었다. 거기에는 가짜 명품이 잔뜩 있었고, 언니는 신나게 가짜 샤넬을 샀다. 2021년 9월, 내 자궁경부암 진찰에 함께 가준다며 대학병원 앞에 나타난 언니는 가짜 샤넬 선글라스와 목걸이, 귀걸이, 숄더백으로 화려하게 멋을 내고 왔다. 가짜 샤넬이라 그런지(?) 모든 아이템에는 샤넬 로고가 아주 큼지막하게 새겨져 있었다. 온통 가짜로 치장한 언니가 너무 당당하고 멋져 보였기에 나는 그 모습을 하염없이 칭찬하고 잔뜩 사진을 찍어주었다. 그날 언니는 "채널CHANNEL이라도 애티튜드가 샤넬CHANEL이면, 샤넬이다"라는 명언을 남겼다.

나는 서른 살 무렵에 전 재산 1500만 원을 월세 보증금으로 다 쓴 뒤, 다시 0원이 된 통장에 돈을 조금씩 모아보려고 무척 애를 썼다. 수년간 1원, 10원을 아껴

다이아몬드가 되어버린

가며 가계부를 매일 들여다봤다. 그렇게 수년간 저금한 돈으로 언니에게 진짜 샤넬백을 사주었다면 언니가 행복했을까. 언니는 그 샤넬백을 가지고 좀더 살아갔을까. 그런 생각을 종종 한다.

할머니 장례를 치르기 하루 전, 언니의 유골 다이아몬드를 받으러 (언니가 살았었고 지금은 형부 혼자 사는) 언니 집에 찾아갔던 날. 형부는 언니가 2014년에 쓰다 만 블로그가 있다며 내게 보여줬다. 전에 언니가 남긴 일기나 글이 있으면 찾아달라고 부탁을 해두었다. 몇 년 전부터 가족에 대한 책을 만들자는 이야기가 있어서 언니와 엄마와 나, 이렇게 셋이 함께 글을 쓰면 어떨지 생각하던 중이었다. 생각만 하고 실행은 못 하던 중, 언니가 없어졌기 때문에 뒤늦게나마 언니가 하고 싶었던 이야기라도 찾아내고 싶었다. 형부가 찾아준 언니의 비공개 블로그 주제는 섹스칼럼이었다. 미국 드라마 〈섹스 앤 더 시티〉를 보고 영향을 받아 블로그를 만든 모양이었다. 서른 초반에 그런 글을 쓰고 있었을 언니를 떠올리니 귀엽기도 하고 우습기도 했는

데, 글을 읽어보니 글을 너무 잘 써서 놀랐다. 참, 언니
는 원래 문학도를 꿈꾸었다.

2014. 2. 24

첫번째, 그리고 처음

모든 사람은 자기 인생의 주인공이 되어야만 한다.
쉽게 말하면 자존감이 강한 사람이 진정 강한
정신력의 승리자이다.
반면 나의 모든 성장 과정에서 나는 조연만도 못한
엑스트라가 되어야만 했다.
에고 덩어리인 부모와 극심한 이기주의자인 천재
여동생, 장애인의 꼬리표를 단 귀한 남동생은 내 인생에서
나라는 주인공을 빼앗아갔다. 기억하는 한 제대로
된 생일 축하 한 번 없었다. 누군가의 인정과 칭찬이
소중한 자양분이 되는 어린아이에게는 혹독한 토양임이
분명하다. 그래서인지 나에 대한 이벤트에 의미를
부여한다는 것은 어색하고 부끄러운 일이 되었다.

다이아몬드가 되어버린

내가 아는 언니는 항상 나보다 공부를 잘했고, 나보다 사교적이고, 나보다 몸집이 크고 목소리가 크고 힘이 셌다. 뭐든 나보다 먼저였다. 중학교에 간 언니가 내 눈썹 정리를 해주었고, 코와 귀와 배꼽에 피어싱을 한 언니가 내 귀를 뚫어주었다. 나는 언니가 사온 테이프와 시디로 음악을 들었고, 언니가 읽는 책, 언니가 읽는 잡지를 따라 읽었다. 언니가 가는 곳, 언니의 친구들이 전부 궁금했다. 그것들이 점점 궁금해지지 않은 것은 중학교에 갈 즈음부터였던 것 같다. 아니 그보다 더 뒤였던가. 내가 집을 나오게 된 이후였나.

생각해보니 18세에 집을 나와 고시원에 들어갔을 때, 내가 사는 고시원에 찾아와준 유일한 가족도 언니뿐이었다. 엄마도 와보지 않은 고시원에 언니만 와줬다. 하지만 내게 열 살 연상의 애인이 있다는 걸 엄마에게 꼰지른 것도 언니이고, 나 때문에 수능을 망쳐서 가고 싶은 대학에 못 갔다며(내가 고등학교를 안 다니겠다고 해서 화가 난 아빠기 기출한 뒤, 언니는 아빠를 찾아다니며 학원비를 받아내느라 공부할 시간이 부족했다고 한다) 두고두고 나를 미워하기도 했다. 그때부터 언니는 나를 '너만 너 하고 싶은 대로 한다'며 비난했다. 하지만 점점 '너라도 너 하고 싶은 대로 하고 살라'고 말을 바꾸었다.

언니는 가족이 싫다고 10대 때 집을 떠나 돌아오지 않는 내가, 부럽고 미웠을까. 엄마와 아빠, 할머니와 동생을 돌보느라 정신없던 언니에게 나는 수차례 '그만두라'고 말을 했다. 언니는 그때마다 '너는 잘 모르겠지만, 나는 가족이 필요하다'며 울었다. 언니가 필요로 했던 가족은 아마 건강한 가족이었겠지만, 우리가 가진 가족은 너무 허약했고 결핍투성이였다. 언니는 그들에게 힘을 보태느라 자기 힘을 다 소진해버렸다. 나는 언니의 죽음이 '자살'이라기보다 힘이 다 빠져 죽은 것이라고 생각한다. 그런 죽음은 뭐라고 부를까. 소진사消盡死? 가끔 그렇게 가진 힘을 다 소진하고 죽는 사람들의 소식을 듣는다. 평생 남을 위해 살던 사람들.

다이아몬드가 되어버린

마지막 글이에요.

오늘은 똑같은 날이었어요.

여느 때와 다름없는 그런 날.

난 견딜 만큼 견뎠고

난 더이상 빚이 없어 세상에.

성한이* 사랑해.

엄마 아빠 사랑해.

완이 랑이 사랑해.

이게 내 진심.

* '성한이'는 언니의 남편 이름.

언니의 블로그 첫번째 글 첫 문장과 언니가 죽음 바로 앞에서 쓴 마지막 글을 보면 뭐라 말을 하기 어려울 징도로 가슴이 아리다. '난 더이상 세상에 빚이 없다'는 말은 그만큼 언니가 소진되었다는 뜻이리라. 인생의 주인공이어야 했던, 평생 사랑받는 외동딸이고 싶었던 언니는 마지막 일기에 자신의 가족들 이름을 쭉 적고 사랑한다는 말만 남겨두었다. "이게 내 진심"이라고 덧붙이면서.

언니가 가족을 사랑하지 않았다면 좋았을 텐데.

세상에는 완전한 이해도 완전한 사랑도 없다. 모두들 살아 있기 위해서 견디는 것만 같다. 하지만 저마다 느끼는 감정은 너무 다양하고 그중엔 고통을 기반으로 하는 감정들이 더 많다. 분노로 질투로 좌절감으로 절망감으로 삶에서 멀어지고픈 생각이 꼬리를 문다. 내 등뒤에 나에게 의지하는 생명이 있다. 모든 소중함에도 한계가 있다. 소중한 것을 24시간 내내 소중하게 대할 수는 없다. 등뒤에 준이치가 앉아 있다는 것을 알면서 내가 여러 가지 죽음의 방법을 떠올리는 것처럼. 그래도 준이치를 두고 죽을 수는 없을 것 같다. 못 할 것 같다. 살아서, 다음주에 준이치를 병원에 데려가야 한다.

거실에 있는 '언니 메모리얼 센터' 인형 침대 위에

다이아몬드가 되어버린

는 언니의 액세서리가 잔뜩 있다. 전부 하트 모양이다. 언니의 옷에는 'LOVE'라는 글자와 스마일 그림이 많이 있었다. 내 귀에 있는 귀걸이 세 개도 전부 하트 모양이다. 우리는 이렇게나 사랑을 갖고 싶어했다. 하염없는 사랑을 받고 싶어했다.

우리는 정말 사랑을 좋아했다.

언니의
장녀병

2022년 11월 1일. 외할머니가 돌아가셨다. 지난주부터 돌아가실 것 같다는 이야기는 엄마에게 전해 들었지만, 할머니를 딱히 만나고 싶지 않아 임종 면회도 가지 않았다. 엄마는 매일매일 임종 면회에 열심히 갔던 모양이다. 할머니가 돌아가시기 며칠 전, 장례식을 어떻게 해야 하냐며 엄마가 내게 전화를 했다. 언니가 살아 있었다면 아마 엄마가 원하는 허례허식까지 다 챙겨가면서 할머니 장례 치르는 데 큰 도움을 주었을 것이나, 나는 그렇게 할 수 없었다. 나는 엄마에게 성질을 내며 말했다.

언니의

'할머니를 찾아올 손님도 가족도 없고, 엄마 아빠 손님도 없고, 나도 가기 싫고, 내 손님도 안 부를 건데 왜 장례식을 열어야 하나. 나는 엄마랑 아빠의 장례도 안 치를 거다. 엄마 아빠 죽으면 화장터로 바로 직행해서 뼈도 안 남게 태울 거다. 엄마가 할머니 장례식을 왜 해야 하는지 이유를 잘 생각해보고 결정해라.'

　외할아버지가 돌아가신 뒤 100억이 넘는 유산을 딸들과 나누기 싫어 두 황태자와 함께 사라졌던 외할머니다. 말기암으로 사망한 첫째 황태자와 행방불명된 막내 황태자는 생사와 관계없이 이 세상에서 자취를 감췄다. 모든 재산을 자의로 빼앗긴 뒤 강남의 단칸방에서 목숨만 부지하고 있던 할머니를 가난한 엄마가 데려와 모시고 산 것도 벌써 10년 가까이 된 일이다. 주부인 엄마와 마땅한 직업이 없는 아빠를 대신해 언니가 할머니의 병원비를 자주 부담해야 했다. 언니는 엄마와 아빠의 행복을 바랐기에, 최선을 다해 그 이른 셋을 도왔다. 나는 그런 언니를 이해할 수 없었다. 언니 또한 자신의 처지를 비관해 종종 울면서 내게 전화를 걸어왔다. 나는 언니가 '장녀병'에 걸린 게 확실하며 거기서 벗어나야 한다고 자주 말했다. 언니는 '모르겠다'고 자주 대답했다.

"모르겠어, 머리가 멍해서…… 나 호구병 걸렸나봐."

엄마는 외할머니의 장례를 허례허식을 꽉 채워 삼일장으로 치렀다. 찾아올 손님이 없는 빈소를 넓게 차리고 불필요한 상조회사까지 불러 3일 동안 돈 천만원 가까이 썼다. 장례식 내내 손님은 거의 없다시피 했고, 몇 안 되는 아빠의 친구들과 엄마와 같은 종교인들이 낸 부조금을 합쳐보니 약 300만 원 정도였다. 장례비의 3분의 1도 안 되는 돈이었기에 결국 엄마 아빠는 내게 돈을 부탁하는 눈치를 보였다. 한 번도 제 손으로 돈을 벌어본 적이 없는 엄마는 언제나 '돈은 어디선가, 누군가가 가져오는 것'이라고 생각했다. 이런 상황을 수도 없이 겪었을 언니 생각이 났다. 언니는 이런 상황을 계속 해결해왔고 또 해결하려고 노력했겠지. 언니가 있었으면 나는 여기에 오지 않아도 됐겠지.

언니의

언니가 있었으면…… 생각을 계속하게 된다.

2021년 7월, 언니는 내게 이런 문자를 보냈다.

랑아, 나 이거 작성하여서 캐나다랑 한국
사촌들한테 다 보내려고 하는데 어떻게 생각해.

"안녕. 다들 자기의 자리에서 잘살고 있지? 한국에
할머니가 연세가 많고 병도 많아 많이 아프셔서
매번 병원 갈 때마다 나와 우리 엄마 아빠가 모든 걸
책임지고 돌보는 중이야. 엄마 아빠도 나이가 많고
돈을 안 버시니 병원비는 모두 내가 냈어, 최소 500만
원 이상 내가 지불한 것 같아. 우리 윗세대에서의
갈등은 너무 복잡하고 나는 모르겠고, 할머니의
손주들은 다들 동등한 상황인데 왜 나 혼자 이렇게
다 금전적인 손해를 보는지 억울해서, 너희들도 어떤
생각인지 알려줘. 이번에 할머니가 퇴원하시면서
150만 원이 나오는데 그 돈이 없어서 엄마가 사채를
쓴다고 협박해서 내가 또 지불했어. 일단 그 돈이라도
우리끼리 나눠서 지불하는 게 맞다고 본다. 자세한

내용이 궁금하면 전화 주면 알려줄게. 너희도 생각과 양심이 있다면 나를 무시하지 않을 거라고 믿어. 그럼 안녕."

물론 나는 너무너무 좋다고 했다. 드디어 언니가 장녀병을 탈출할 때가 왔다고 느꼈다.

"장녀병 탈출~ 인간 이슬 인생 화이팅!!"이라고 답장을 보내며 언니의 걸음마를 응원했다. 내가 할 수 있는 건 그것뿐이었다. 언니는 7월에 내게 보여준 문자를 사촌들에게 곧바로 보내지 않고 계속 다듬어나갔다. 그렇게 글을 다듬기만 하다 5개월이 지나서도 사촌들에게 보내지 못하고 12월에 죽어버렸다. 언니가 단정하게 다듬어 완성해둔 글은 장례식을 치르는 중에 언니의 핸드폰 메모장에서 발견했다.

안녕 사촌들. 이제 모두 성인이 되어 자기의 삶을 성실히 살아가고 있는 모두를 고맙게 생각하며,

언니의

반갑지만 인사보다도 우리가 해야 할 책임에 대해
의논해보고자 합니다. 내가 영어를 잘 못하니
한국어로 이야기하는 것 이해해주고 영어를 쓰는
사람은 또 서로 번역해서 이해할 테니 모두 편한
언어로 이야기 나누도록 하자. 소식 들었겠지만
할머니께서 많이 위독하시고 우리의 윗세대 어른들의
잘못으로 내가 받지 않아도 되는 스트레스와 책무에
시달리는 상황이야.

　지난 일은 다 미뤄두고도 할머니가 3월에 쓰러지신
이후 현재까지 여러 차례의 대학병원 입원과(중환자실
포함) 그 이후 요양병원과 요양원을 오고가며 쓴
간병비와 응급 차량 이용 등의 꽤 많은 비용을
한국의 우리 부모님이 감당하고 있어. 물론 우리집에
재산이 없고 부모님도 연세가 많으니 돈벌이가
없으시다는 것도 짐작이 되리라 생각합니다. 이렇게
솔직히 말하는 것은 그간 우리 사정이 얼마나 힘든지
공감받고 싶은 미음도 있어. 우리 이빠도 70이
다 되어가는 나이에 페인트칠 아르바이트하면서
관절염으로 손가락도 못 펴지만 열심히 생활비를

벌고 그것마저도 모두 병원비로 탕진했어. 이런
이야기는 동정을 받기 위함이 아니라 한국에서는
얼마나 노력하고 있는지 우리가 한 생명을 위해
책임을 어떻게 지고 있는지에 대한 설명이야. 물론
엄마가 하고 있는 노력은 말할 것도 없지(본인의
모친이 죽음을 앞둔 상황으로서). 개인적인 감정은 일단
모두 미뤄두고, 나도 굉장히 상처받고 싶은 아픔이
있으니 그것도 차차 이야기 나누며 서로 위로하면
더 좋겠지만…… 나의 제안은 할머니의 병원비와
치료비를 우리 사촌들이 함께 도와주었으면 하는
바람이야.

　(병원 영수증 사진 첨부)

　위 금액은 제일 최근 내가 없는 돈으로 도저히
상환할 방법이 없는 엄마 대신 지불한 병원비고,
솔직히 그전의 히스토리와 돈에 대한 것도 끝이
없지만, 끝도 없이 늘어지며 누군가를 탓하는 것은
결국 우리 윗세대의 추악한 모습과 같아질 것과 같은
우려가 있어 내가 최소한의 책임과 공감을 받기 위한
한계로 정한 금액이야.

언니의

개개인의 사정과 생각이 다르겠지만

1. 우리도 이젠 자신의 삶과 신념에 책임이 있는
어른이다

2. 한 생명이 돌아가시기 직전에 대한 최소한의
성의이다(어찌되었건 우리 가족의 어른)

를 기본적으로 생각해주면 좋겠어.

윗세대에서 있었던 많은 추악한 일들을 그들이
수습을 할 수 있을지 없을지 그 점은 잘 모르겠어.
각자 가족들끼리의 사정과 대화가 있으리라 생각하고,
정말 얼마 남지 않은 할머니와의 시간 사이에
누군가는 다른 것도 아닌 금전으로 고통받는 나에게
자그마한 위로라도 보태준다면 그게 정말 큰 힘이 될
거야. 우리의 이 움직임으로 우리 윗세대 어른들이
배우는 점이 있다면 더욱 좋겠지. 다른 의견이나
생각도 자유롭게 말해주면 좋겠어.

긴 이야기 읽어줘서 고맙습니다.

—이슬

언니가 사망한 뒤, 나는 사촌 중 (오래전 캐나다로 이민 간) 막내 이모의 첫째 딸 윤영에게 이 글을 보냈다. 윤영이는 이 글을 영어로 번역해 언니의 부고 소식과 함께 캐나다의 사촌들과 외갓집의 유산을 모두 물려받은 미국의 사촌에게 메일로 보냈다. 윤영이와 윤영이의 두 동생이 언니의 부조금이라며 캐나다 달러로 100달러를 내게 페이팔로 보내왔고, 나머지 사촌들은 답이 없거나 도울 수 없다는 짧은 답을 보내왔다.

"I feel so bad, but unfortunately, I will not be able to assist financially. I hope that everything goes well."

이런 실망스러운 대답을 언니가 살아서 보고 듣지 않아 다행이라는 생각을 했다.

사촌들에게 보낼 이야기의 내용을 머릿속으로 수없이 떠올렸다 지우고 다시 생각하고, 괴로워하고, 짧게도 썼다가 길게도 썼다가 내게도 몇 번이나 고칠 곳이 없는지 봐달라고 하던 언니의 시간을 상상했다. 아마

언니의

언니라면 글을 쓰다가 속상해져서 그만두고 울다가 술을 마시다 수면제를 먹고 자려고 노력하며 TV를 켜놓고 멍하게 과자를 씹다 잠들었겠지. 언니가 과자를 먹다 잠든 모습을 형부가 찍은 사진에서 본 적이 있다. 나도 수면제를 먹으면 저작운동咀嚼運動 욕구가 심해지는 걸 잘 안다. 수면제를 먹고 살짝 멍한 상태로 씹으면 바삭바삭 큰 소리를 내며 부서지는 종류의 과자를 먹다 잠드는 날이 내게도 많다. 언니와 나는 다른 지역에서 같은 수면 장애를 겪으며 약으로도 오지 않는 잠을 청하다 과자를 찾는 밤을 얼마나 자주 섞어온 걸까. 그러다 잠에서 깬 언니는 다시 부모와 돈 문제로 마음이 괴로울 때 그 메모장을 켜고 문장을 다듬었을 테지. 십수 년을 물심양면으로 도와도 전혀 나아지지 않는 엄마와 아빠, 할머니의 사정은 언니가 장녀병에서 탈출할 수 있게 두지 않았다.

할머니는 거대한 유산상속 문제로 두 아들과만 소통하는 중이었기에 10년 전에 있었던 언니의 결혼식에 나타나지 않았다. 언니 결혼식에는 외가 쪽 하객이

단 한 명도 오지 않았다. 평생 공주처럼 살고 싶었던, 스스로를 공주라 칭하던 언니는 왕관을 쓰고 드레스를 갈아입는 결혼식을 무척 즐거워했다. 내 스타일과 전혀 맞지 않는 핑크색 블라우스 원피스를 결혼식에 입고 오라고 사주었기에, 그날 나는 코스프레를 하는 기분으로 그 어색한 옷을 입고 갔다. 다큐멘터리 감독을 하는 친구 한 명과 함께 갔다. 온갖 화이트/핑크 아이템에 둘러싸인 언니의 결혼식장에서 우리는 몰래 담배 피울 곳을 찾으러 다녔다. 친구는 언니의 결혼식 비디오를 만들어주겠다며 카메라를 들고 와 이것저것 촬영을 해가서는 10년 동안 완성해 보내주지 않았다. 언니는 가끔 결혼 비디오의 생사를 내게 묻곤 했다. 나도 친구에게 몇 번 물어보다 포기했다. 역시 어떤 일이든 제대로 값을 치러야 결과물을 손에 넣을 수 있다는 생각이 든다. 호의로 진행되는 일은 이렇게 결과를 낳기 어렵다.

외할머니 장례식장에서는 엄마의 사촌오빠라고 하는 난생처음 보는 할배와 마주보고 밥을 먹었다. 빈 식

언니의

당이었기에 다른 곳에 앉기도 어려웠고, 엄마가 거기 앉으라고 해서 나는 그 할배를 마주하고 앉아 육개장을 퍼먹었다. 곧이어 남동생 완이도 할배 옆에 와 앉았다. 엄마는 잠시 함께 앉아 있다 어디론가 가버렸다. 할배는 나와 남동생에게 이런저런 질문을 했다.

할배 시집은 갔느냐.

랑 갔는데 별거중이고 이혼할 예정이다. (결혼을 두 번 했다는 것은 얘기 안 했다.)

할배 (완이에게) 장가갔느냐.

완 아니요.

랑 (밥을 퍼먹으며 완이에게) 누구 인생 망치려고 장가를 가. 그냥 혼자 조용히 살어.

할배 왜 말을 그렇게 하냐.

랑 우리는 자라는 동안 '좋은 가족'의 모습을 보지 못했다. 그래서 이렇게 됐다.

할배 내가 알기로 너희 엄마 집안은 대가족에 화목했는데.

랑 엄마 얘기 들어보면 다르다. 개개인 얘기는 아마다 다를 거다.

할배 그렇지 않았는데.

랑 착각이다. 지금 서로 다 안 보고 살지 않느냐. 유산 때문에 싸우고 난리 치고.

할배 ……너희 언니는 어딨냐.

랑 죽었다.

할배 ???

랑 엄마가 얘기 안 했나.

할배 무슨 일이 있었냐.

랑 자살했다.

할배 ……

밤이 되어 엄마가 집에 가서 쉬겠다고 하기에 장례식장에 동생과 아빠를 두고 엄마를 집에 태워다줬다. 언니의 자동차를 상속받은 나는 그해(2022년) 면허를 따고 여름쯤부터 차를 운전하기 시작했다. 차 안에서 엄마는 사촌오빠(아까 그 처음 본 할배)가 언니 얘기를 물어볼까봐 계속 옛날얘기만 하느라 힘들었다고 말했다. 나는 아까 그 사촌 할배에게 언니가 죽었다고, 자

언니의

살했다고 말했다고 했다. 엄마는 내 말에 충격을 받고 "꺄악!" 소리지르더니 뒤이어 실성한 것처럼 "하하하" 하고 웃었다.

"네가 나타나면 당최 비밀이 없어."

엄마는 나를 비꼬는 듯, 반쯤 포기한 듯 말했다.
엄마는 '안치환' 노래를 틀어달라고 했다. 〈사람이 꽃보다 아름다워〉랑 〈휠휠〉을 듣고 싶다고. 언니의 죽음이 사촌에게 알려져 당황한 엄마를 태우고 달리며 우리는 중간중간 안치환 노래를 따라 불렀다.

랑이는 일찍
죽을 거야

요즘 가장 많이, 오랫동안 생각하는 것은 나의 이야기의 근원은 외상후스트레스장애PTSD라는 것이다. 그리고 그 시작은 아마도 영아기 시절부터인 듯하다. 나도 내가 왜 이렇게 끊임없이 이야기를 만드는지, 왜 이렇게 이야기에 광분하고 집착하는지, 더 나아가 다른 사람의 이야기를 끌어내고 싶어 안달인지 모르겠다. 어쩌면 인큐베이터 속에서부터 이야기를 짓기 시작한 것이 아닐까 하는 생각에 다다랐다. 나는 인큐베이터 베이비이고 4주가량 그 안에서 살았다.

엄마   4주 정도 일찍 나왔던 거 같아.

랑이는 일찍

양수가 터져서 자연분만이 안 되니 제왕절개를 할 수밖에 없었어.

3kg이 안 돼서 인큐베이터에 4주 있었어. 랑이는 2.8kg였던 거 같아.

집에 왔더니 낮과 밤이 바뀌어서 밤마다 많이 울어서 등에 업고 잠을 잤어.

그때 환경이 당연히 기억나진 않지만 엄마 말에 따르면, 하루에 한 번 면회를 오면 살았는지 죽었는지 모를 널 자란 작은 아이가 그저 가만히 누워 있기만 했다고 한다. 유리문 밖에서 나를 바라보던 엄마와 어른들은 '저 아이가 과연 살까?' 하는 생각과 이야기를 나누었다. 어쩌면 나를 사랑해줄, 친밀해질 가능성을 가진 사람들이 몇 개의 유리 바깥쪽에 있을 때 나는 어쩌면 이야기를 짓고 있었을지도 모른다. 아마 가장 먼저 떠오른 생각은 '여기가 어디지? 뭔가 잘못된 것 같은데' 그런 생각이 아니었을까. '잘못'이라는 개념을 알았을지는 모르겠으나, 아무튼 엄마의 자궁 속과는 너무 다른 환경이었기에 뭔가 '다르다'는 것은 느꼈을

죽을 거야

것이다. 그 다름을 감지한 뒤엔 어땠을까. 내 감정은 낯섦, 두려움, 회피 같은 다양한 감정으로 빠르게 진화했을 것이다. 아기는 자궁 속에서 자궁 바깥의 삶을 꿈꿀까. 아니면 그 외의 삶에 아직 아무 흥미도 없을까. 아기는 왜 몸을 움직여 커지고 배 바깥으로 발차기하는 발이 느껴질 정도로 자기 존재를 알려올까. (그렇게 아기가 커질 때까지 임신해본 적은 없지만. 5~6주 차에 임신중지를 한 적은 있다.)

　나는 어릴 때부터 노래를 지어 부르는 어린이였다. 유치원생 정도 혹은 그보다 더 어릴 때부터였다. 노래만 짓는 것은 아니고 이야기도 많이 지었다. 어린 내가 썼던 동화가 얼마나 많았는지, 그 동화들로 학교에서 얼마나 많은 상을 받았는지 모른다. 하지만 교내를 벗어난 실력 발휘는 불가능했다. 같이 가줄 어른이 없었기 때문이었다. 아픈 동생과 엄마의 종교관 때문에 내가 원하는 모든 것이 허락되지 않았고, 잘하는 걸 내세우는 것조차 하면 안 됐다. 나는 가정 내에서가 아니라 사회에서 인정받으려는 마음을 스스로 강화시켰다. 어떻게든 뚫고 나가고 싶었다. 하지만 어른들의 강력한 서포트가 필요한 순간은 꼭 있었다. 다섯 명만 뽑는 초등학교 방송반 시험에서 6등으로 떨어졌다는 소식을 들었을 때, 나보다 말도 못하고 시험을 잘 보지도 못한 애들이 엄마들의 강력한 지원을 통해 붙고, 어색한 표정의 선생님이 나를 토닥이던 날. 애들이 모두 돌아간 학교 복도에서 갖고 있던 옷 중에서 가장 깨끗하고 단정한 원피스를 입고 차가운 바닥에 앉아 서럽게 울던 기억이 난다. 그때의 실패감이 너무나 치욕스러웠다. 아무래도 혼자서는 할 수 없는 일들이 있는데, 나의 부모는 왜 나를 지원하지 않는지 억울했다.

그럼에도 계속해서 나는 내가 이룰 수 있는 만큼 길을 찾아가려고 꾸역꾸역 노력했다. 내가 본 길이 맞고, 내 생각이 맞다고 확신하면서. 한때 언니는 그런 나를 이기적이라고 비난했다. 하지만 나는 언니의 질투도, 비난도 신경쓸 필요를 느끼지 못했다. 가족들과 함께 살 때는 입을 닫고, 방문을 닫고, 내 공간 안에서 나만의 상상을 하면서 동시에 분노에 휩싸여 복수를 다짐했다. 소리지르고 욕하고 때리고 물건이 날아드는 가족들의 모습이 지긋지긋했고, 나와 맞지 않는 그들에게 나를 보여주지 않기로 결심했다. 그저 탈출 계획만 짰다. 길은 어떻게든 찾아나서면 될 거라고 생각했다. 고등학교를 2주 만에 그만두고 검정고시를 보고 곧바로 사회에 나가 어른들과 어울리며, 나를 원하는 곳에서 나를 발견해주길 바랐다. 끊임없이 나를 알리는 일을 서슴지 않고 했다.

그런 가운데 '할 수 있는데 일부러 안 하는' 사람들을 보면 크게 분노했다. 대부분의 분노는 가족에게 제일 먼저 향했다. 그러고는 애인, 가까운 친구들. 하지만 무엇보다 나는 나를 가장 심하게 몰아세웠다. 숨이 막힐 정도로 일을 하고, 준이치에게 미소 지을 기운도 없이 누워 있다가, 주먹으로 가슴을 치면서 울었다. 발작이 일어날 정도로 울어서 숨을 못 쉬었다. 몸부림치고 벽에 머리를 박고, 스스로를 때렸다. 천식이 있어서 흥분하면 죽을 것같이 숨이 막히지만 쉽게 죽어지지도 않았다. 그렇게 울다 일어나 글을 썼다.

일찍 집을 떠나 가족을 돌보지 않는 나를 이기적이

랑이는 일찍

라고 했던 언니는, 30대가 넘어서부턴 내가 선택한 삶의 방식을 칭찬하기도 했다. 자신은 어쩔 수 없이 가족 관계에 갇혀 있지만, 그 가족이 없으면 안 되는 삶이 되어버렸다고 한탄하면서 언니는 종종 내 죽음을 걱정했다.

"랑이는 일찍 죽을 거 같아. 너무 빡세게 살아서 일찍 죽을 거야."

일 때문에 사진을 찾아보다가 요 몇 년간의 내 얼굴 사진을 많이 들여다보게 됐다. D가 암 투병을 시작하고, 그의 치료비를 지원하기 위해 큰 규모의 프로젝트를 시작했을 때, 그 시점부터 내 얼굴은 많이 상하기 시작했다. 체력과 정신력도 능력에 포함된다면 나는 그때 내 능력을 벗어난 일을 벌였던 것 같다. 그때의 나는 지능과 판단력만을 '능력'이라고 생각했다. 몸에 대해서는 전혀 생각하지 않았다. 피로한 내 얼굴을 들여다보는 게 정말 싫었다. 사랑하는 사람을 잃어가는 시간과 고통스러운 마음이 얼굴에 덕지덕지 들러붙어 있었다. 게다가 다시는 겪고 싶지 않은데 다시 겪으리라는 것도 잘 알고 있었다. 알기 때문에 무서웠고, 그래서 더 빡세게 일하고, 사랑하는 사람을 살리고, 내가 제일 먼저 죽고 싶었다.

2023년 여름, 양쪽 눈에 희귀병 진단을 받고 최근까지 세 차례 수술을 했다.

그해 초부터 갑자기 눈이 잘 안 보였는데 바빠서 병원에 갈 시간이 없었다. 친구와 대화중에 그가 "이 영화 봤어?" 하고 내민 핸드폰 글자들이 전혀 보이지 않는 걸 깨달은 어느 여름날 밤. 공포에 떨며 다음날 아침 바로 동네 안과를 찾았다. 동네 안과에서는 어떻게 해도 시력이 측정되지 않는다며, 뇌 문제를 의심하고 대학병원으로 보낼 소견서를 써줬다. 의사가 누군지도 상관없이 제일 빠른 예약을 잡아 대학병원에 가서 처음부터 다시 검사를 했다. 시력은 역시 측정 불가였고, 이러저러한 뇌 검사 결과는 한참 뒤에 나왔다. 검사 결과가 나올 때까지 대략 열흘 동안 나는 최악의 상황들을 상상했다. 우선 지금 상황에 대해 언니에게 말하고

랑이는 일찍

싶었다. 언니는 무조건 나를 걱정해줄 것을 알기 때문이었다.

'언니, 나 눈이 잘 안 보여. 어쩌면 뇌 문제일 수도 있대.'

내가 목숨을 바쳐 도왔던 친구들 중에는 내 걱정을 멈추고, 나를 떠난 친구들도 여럿 있다. 그들에게는 이런 말을 하고 싶었다.

'내가 아픈 건 너희들 때문인지도 몰라.'

뇌종양을 의심받고 뇌 검사 결과를 기다릴 때, 맨 처음 든 감정은 희열이었다.

'드디어! 드디어 기다리던 죽음이 찾아왔어. 얼마나 남았을까? 3개월? 그럼 3개월 동안 뭘 할까. 나는 가장 멋지게, 깔끔하게 모든 걸 끝낼 자신이 있어!'

찾아올 죽음을 확신하니 몸이 달아올랐다. 하지만 정말정말 놀랍게도 그 희열은 채 이틀도 지속되지 않았다. 유언장과, 장례식과, 인사할 사람들과, 준이치 생각을 하면서 누워 있던 나는 문득 혼잣말을 내뱉었다.

"아쉽다……"

100페이지가 넘어가는 내 일기장에는 100번도 넘게 '죽고 싶다'는 말이 쓰여 있는데. 민망하게도 이 말이 내 입에서 튀어나왔다.

나의 사랑과
죽음 일기

상실과 또 새로운 만남에 대한 일기를, 언니를 잃기 직전부터 쓰기 시작해 지금까지 A4 100페이지 넘게 썼다. 다른 책 원고를 기다리는 편집자들이 알면 분노하겠지만 이 일기 쓰기는 나에게 중요하다. 더이상 해리로도 피할 수 없는 감정들이 분명히 존재하고, 이제는 해리를 넘어 공황이 막무가내로 찾아오기 때문이다. 여성들의 몸과 마음의 연결성, 그리고 분리감. 이에 대한 생각을 끊임없이 하고 있다. 이에 대해 말하는 작품들과 작가들을 계속 찾아보고 알아가는 중이다. 생각보다 많은 사람들이 이 문제를 탐구하고 있다는 것을 이제서야 겨우 눈치챘다. 너무 늦게 알아차린 걸

나의 사랑과

까. 언니 차를 물려받고 운전면허를 딴 뒤 도로에서 느꼈던 충격과 비슷했다.

'아니, 이런 세상이 있다는 걸 다른 사람들은 다 알고 있었던 거야?!'

책 『이것도 제 삶입니다』, 다큐멘터리 영화 〈두 사람을 위한 식탁〉. 섭식장애를 갖고 있는 (이 책과 영화의 주인공) 채영씨를 만나 이야기를 나누면서 내가 아직 해결하지 못한 어린 시설의 기억과 경험이 여전히 많다는 것을 깨달았다. 채영씨가 나에게 조언한 것은 PTSD로 남아 있는 그 기억들을 떠올리고 그 기억이 몸의 어디로 나타나는지(증상이나 통증 혹은 자세로) 느끼고 인지하는 것을 먼저 해보라는 것이었다.

내게는 초등학교 고학년 때 학교 방송반 시험을 봤다가 떨어진 기억이 꽤 강렬하게 남아 있다. 나보다 실력은 없지만 부모의 지원이 빵빵한 애들 다섯 명이 순서대로 합격했고 나는 6등으로 떨어졌다. 그때 부모의 지원이 학교에서 얼마나 힘을 발휘하는지 느꼈고, 나만의 힘으로 도달할 수 없는 문턱이 있음에 크게 좌절했다. 방송반 선생님에게서 위로 같지 않은 위로를 받고 난 뒤, 학생들이 모두 돌아간 빈 학교 복도에 주저앉아 꽤 오랜 시간 울었다. 그때를 떠올리면 복도 바닥의 차가운 온도와, 방송반 시험을 위해 곱게 차려입은 (평소라면 입지 않는 질감의) 원피스 촉감이 어렴풋이 기억난다. 벨루어 재질에 목에 리본끈이 달린 회색 원피스였다. 그 원피스는 당시 내가 엄마에게 받을 수 있었던 작은 지원이었다. 나는 교내에서 열리는 모든 글짓기 대회 상을 휩쓸었지만, 교외에서 열리는 대회에는 한 번도 나갈 수 없었다. 장애가 있는 동생을 돌보느라 여유가 없는 엄마에게 가고 싶다고 말할 수 없었기 때문이다. 갖고 싶은 것, 이루고 싶은 것을 표현할 수 없었던 어린 시절의 경험들은 점점 나에게서 욕망이라는 감정을 제거하게 만들었다. 나는 '아무것도 원하지 않는 마음'을 연습했다. 원하지 않으면 슬프지도 않을 것 같았다. 그런데도 원하는 것은 계속 있어서 그런 것은 어떻게든 내 힘으로 이루고자 했다. 학교를 그

나의 사랑과

만드는 것, 내가 원하는 사람과 친해지는 것, 집에서 나가는 것, 고양이를 키우는 것, 예술을 직업으로 삼는 것, 그런 것들.

나는 성취 강박이 심했고 그 동력으로 창작을 했다. 무언가 만들어냈을 때 가족 아닌 사람들이 좋아하고 지지해주는 것이 기뻤다. 가족 안에서는 나를 온전히 드러낼 수 없었기에 나와 닮은 친구, 연인, 동료 들에게 인정받는 것이 좋았고 계속 그 방향을 향해 갔다. 동시에 무언가를 열망하는 마음이 생기지 않도록 주의했다. 모순적으로 들릴 수도 있겠지만 나는 그랬다.

'이룰 것은 이루되, 욕망하지는 말자.'

어느 한 방향으로 깊은 마음을 가지는 대신 넓게 마음을 퍼뜨렸다. 마치 장인匠人이 되기를 포기한 장인 지망생처럼. 욕망하는 것을 참는 연습을 통해 욕망이 거세된 사람의 모습으로 살았다. 그러다보니 '너무 원하는 게 없어서 무섭다'는 소리도 들었다. '원하는 것이 없는 사람은 왠지 사람 같지 않은가보다' 생각했다. 나와 반대로 원하는 것을 바로바로 표현하는 준이치를 보며 정말 이기적이고 솔직하다는 것을 느꼈다. 그걸 배우면 좋겠다고도 생각했지만 쉽지 않았다.

100페이지가 넘는 나의 일기는 언니의 상실, 오랜 연인과의 이별 그리고 새 연인 J와의 만남에 대한 기록이 대부분이다. 해리 상태로, 욕망을 느끼지 않으려 노력하며, 모든 것을 언어화하는 습관에 완전히 길들여진 나는 그 모든 노력과 습관을 파괴할 만큼의 강렬한 감정을 일터에서 만난 J에게 느끼게 되었다. 그것을 '사랑'이라고 부를 수 있는지 아닌지도 모른 채, 나는 강렬한 감정 속에서 앓기 시작했다. 통제할 수 없는 감정을 이겨내려 하니 자꾸만 몸살이 났다. 열이 나고 두통이 심해지고 꿈을 많이 꿨다. J에게 내 이런 상황을 말하면 좀 나아질 것 같았다. 그런데 어떻게 말해야 하나. 우린 친구 사이도 아니고, 일터에서만 몇 번 만난 것뿐인데……

약 1년 정도 J와 그를 향한 나의 감정과 몸의 변화를 관찰하다 연속되는 몸살을 앓으며 결국 말하기로 결심했다. J에게 '아무 정보도 없는 당신에게 끌린다'

146

고 말을 한 뒤, 이 '끌림'에 대해 파악하고 싶다는 이유로 개인적인 만남의 자리를 청했다. 나에 대해 아티스트로서 존경하는 마음 외에 아무 감정이 없던 그는 존경심 반 호기심 반으로 그 청을 승낙했다. 하지만 막상 둘만 만나게 되었을 때 나는 또 몸살이 왔고 끙끙 앓기만 하는 나를 본 J는 무척 곤란해했다. 나는 그의 앞에서 뭘 먹고 마시지도 못했다. 심장 부근이 자꾸 아파서 어딘가에 기대어 가만히 있을 뿐이었다. 그러고 있는 스스로의 모습에 수치심을 느꼈다. 이게 대체 뭐 하자는 상황인지 누가 봐도 우스울 것 같았다. 그런 만남이 몇 번 지속되던 어느 날 J가 이렇게 말했다.

"지금 느끼는 강렬한 감정을 이랑님은 스트레스로만 받아들이는 것 같아요. 다시 못 느낄 감정일 수도 있고, 누군가는 가지지 못한 감정일 수도 있잖아요. 좋게 생각하고 그 파도를 타보면 어때요?"

J에게 그런 말을 듣는 것조차 수치스러웠다. 그럼에도 그를 계속 만나고 싶었다. 만나는 것도 만나지 못하

는 것도 전부 두려웠지만 뭔가 '다행이었다'. 내가 무언가를 원해서 다행이었다.

'사랑해. 좋아해. 보고 싶어. 만지고 싶어.'

누구나 할 법한 말들을 최선을 다해 J에게 말했다. 내가 누군가에게 이렇게 많은 사랑을 표현한 적이 있었나 싶을 정도로 반복해서 열심히 말했다. 어느 날은 J와 마주보고 앉아 이야기하던 중 손이 갑자기 뜨뜻해져서 깜짝 놀랐다. 또 공황이 왔나, 아니면 사랑 때문에 이렇게까지 몸이 뜨거워질 수 있나 하고 손을 내려다보니 그릇에서 새어나온 오뎅 국물이 내 손과 옷을 적시고 있었다. 오뎅 국물에 젖는 것도 모르고 사랑 때문이라고 생각한 것이 웃겼지만, 사실 사랑 때문에 손은 얼마든지 뜨거워질 수 있다는 것을 이제는 안다. 그와 함께 있을 때 내 몸의 변화를 느끼며 여러 가지 근거를 토대로 사랑이라는 감정을 배우게 된다. 사람은 사랑을 할 때 상대를 통해 내가 어떤 사람인지 알아간다고 하는데, 이 연애가 그런 배움의 기회가 되고 있는 건 분명하다.

나의 사랑과

나는 감정적이지 못한 사람이구나.

나는 몸과 분리되어 있구나.

무언가를 열망하는 게 무척 어색한 사람이구나.

겁이 나는구나.

겁이 많아지니 그 누구도 믿질 못하는구나.

그럼에도 끝없이 외롭구나.

깊은 사랑과 냉철한 이성과 오래된 우울감이 함께 존재하는 것을 느낀다. 그리고 이 모든 걸 언니에게 말하고 싶다. 사랑받지 못해서, 사랑을 모른다고 서로 말하던 우리 두 자매였는데. 언니가 떠난 뒤에 나는 강렬하게 원하는 것이 생겼음을, 그래서 무척 아프고 괴롭지만 굉장한 것을 배우고 있음을 언니에게 꼭 말하고 싶다. 이렇게 글을 쓰는 것으로 어쩐지 언니에게 전해질 거라고 느낀다.

모든 삶이
드랙 DRAG

얼마 전(2024년 4월) 미술관에서 2인전을 열었다. 나와 함께 2인전을 하는 81세 남성 작가가 나를 가리키며 '이렇게 젊은 여자와 함께 있으니까 기분이 좋다'며 오프닝 리셉션에 참석한 제 아내를 향해 "여보! 미안해!!!" 하고 큰 소리로 외쳤다. 기자들과 관계자들이 모두 모인 자리였다. 부끄러운 말을 마이크에 대고 하는 그의 곁에 서서 대체 언제쯤 젊은 여자 프레임에서 벗어날 수 있을까 생각했다. 지금까지 내가 해온 일들에 대해 존중받고 권위를 갖고 싶다.

초등학교 고학년 시절의 사진을 보면 나는 남자 어

린이처럼 입고 있다. 그 시절 나는 남자로 보이고 싶었다. 어딜 가나 '대장'의 자리가 탐났고, 내가 보고 있는 세계 속에서 '대장'은 전부 남자였기 때문에, 나는 남자여야만 한다고 생각했다. 의식적으로 여자 친구들과의 관계 형성을 피했다. 초등학교 4학년에서 5학년으로 올라가면서 거친 욕을 자주 사용하기 시작했다. 초등학교 저학년 때 내 모습을 알던 아이들은 나의 변화에 조금은 충격을 받았지만, 그들의 충격을 신경쓸 여유가 없었다. 나는 강해야 했고, 남성적이어야 했고, 그렇게라도 힘을 가진 사람이 되고 싶었다. 당시 내가 아동 트랜스젠더였는지는 잘 모르겠다. 엄마와 쇼핑할 때 남자 아동복(위아래가 세트인 남아 슈트였다)을 사달라고 졸랐고, 결국 그 옷을 입고 학교에 갔고, 학교의 모든 아이들에게 놀림을 받았다. '그거 남자옷이야!' 하며 놀리는 아이들에게 그렇지 않다고 열심히 항의해보았지만, 결국 아이들은 나와 똑같은 옷을 입은 남사아이를 찾아 데려와 내 앞에 증거로 보였다. 내가 입고 있는 옷이 누가 봐도 남아용이었다는 것, 실제로 그걸 입은 남자아이를 증거로 보인 것, 그걸 보고는 아니라고 더 우길 용기가 나지 않았다. 그날 이후로 어렵게 엄마를 졸라서 산 그 옷을 입지 않았다. 옷장에 걸린 그 옷을 볼 때마다 억울함과 치욕스러움을 느꼈다.

대학 때, 박찬욱 감독의 동생인 박찬경 작가 미술수업이 열린다 하여 신청했다. 한 학기 동안 리처드 커니의 『이방인, 신, 괴물』이라는 책으로 '숭고함과 공포'에 관해 공부했다. 비슷한 정서 같지만 작은 차이로 숭고함과 공포로 구분되는 이미지들을 보며 인간이라는 종이 가지고 있는 보편적인 정서에 대해 탐구했다. 나도 그 보편성을 가지고 있는지 궁금했기에 공포스러운 이미지를 많이 찾아보면서 이들에게서 무엇을 느끼는지 혼자 실험했다. '징그럽다'로 분류되는 온갖 이미지를 찾아봤다. 처음에는 '악!'스러운 이미지들도 자주, 여러 번 보다보니 그 안에서 아름다움을 느낄 수 있었다. 신체 변형body modification을 하는 사람들의 사진도 많이 봤다. 가볍게는 타투였지만, 더 나아가 얼굴의 일정 부분을 도려내고, 뼈를 이식해 뿔을 만들고,

눈알을 염색하고, 온몸을 피어싱으로 뒤덮고, 피부와 근육 사이에 이것저것 삽입을 하는 등 다양한 추구미가 존재했다. 평소에도 나는 사람들이 왜 옷을 '이렇게'만 입을까, 왜 화장을 '이렇게'만 할까 궁금했기에 다양한 선택지와 '미'가 존재한다는 것을 알게 되는 게 기뻤다.

그렇다면 나와 내 몸은 어떤 모습으로 살아야 할까. 몸을 어떻게 쓸까 고민이 시작되었다.

정신만이 '나'라고 생각하며 살았기 때문에 내 정신으로 만들었다고 생각하는 창작물들(주로 글과 노래)을 어떻게 포장해서, 어떤 모습으로 사회에 내보내야 할지 계획을 세워야 했다. 대중에게 잘 팔리는 작품과 내가 만드는 것들과는 꽤 차이가 있었다. 내가 만드는 것들은 '독립' '인디' 같은 말로 분류됐다. 이렇게 다루는 주제가 마이너하다는 게 확실한 이상, 외모를 그나마 메이저하게 꾸며야겠다는 계획을 세웠다. 20대 후반쯤의 일이다. 타투를 하고 싶은데 참았다. 삭발을 하고 싶은데 참았다. 정상적으로 보이지 않는 다양한 모습을 하고 싶었는데 참았다. 여성 싱어송라이터로 무난하게 보일 수 있는 모습에 가능한 만큼 내 외모를 맞췄다. 긴 머리를 하고 마른 몸을 유지하려 노력하며 연한 화장에 '걱정 눈썹'을 그렸다(걱정 눈썹은 눈썹을 일자에서 살짝 아래로 처지게 그려서 무해한 인상을 준다).

그래서 어느 정도는 팔리는 사람이 됐을까. 패션잡지에 자주 등장하고, 모델 비슷한 일도 종종 했다. 그런 종류의 일이 들어올 때마다 '내가 멀쩡해 보이나보다. 팔 만한 구석이 있나보다, 다행이다'라는 생각과 '시발, 니들이 내 본질을 알아?' 하는 생각을 동시에 했다.

젊은 여성으로 사는 것이 너무 힘들었다. 어린이 시절에 남자아이이고 싶었기 때문에 더 그랬던 걸까. 항상 젊은 여성 드랙을 하고 있는 기분이 들었다. 사회가 제시한 젊은 여성의 모습을 흉내내면서 그들이 원하는 여성적인 스타일을 하고, 이성애자 남성들이 내 몸을 바라보는 방식을 자연스럽게 여기려고 애를 쓰며, 그들이 일본 AV에서 어설프게 배워 따라 하고 싶어하는 행위들을 어느 정도 '수행'해야 했다. (한국 남성들은 '기모찌' '야메떼' '이쿠'라는 일본어는 모두들 알고 있다.) 동시에 그런 모습을 욕망하고 소비하는 세상을 우습게 생각했다. 그들이 욕망하는 것이 나 자신이 아니라 '젊은 여성'이라는 것을 자주 느꼈다. 가끔은 누군가의 욕망의 대상이 되는 게 재미있었고 신기했다. 하지만 젊은 여성에게는 어떻게 해도 '권위'라는 게 생기질 않았다. 내가 원한 것은 힘인데, 권위인데, 존엄성이었는데.

30대에 접어들면서 더이상 젊은 여성 역할을 수행하고 싶지 않았다. 마침 20대 여성만을 주로 소비하는 가부장제 속에서 30대 여성으로서 느끼는 자유도 조금씩 생기고 있던 참이었다. 하기 싫은 것부터 하나씩 줄여나갔다. 그렇다고 해서 내가 원하는 모양으로 사는 것은 아니었다. 젊은 여성 역할 수행을 너무 오래 했던 탓일까. 이제 와서 내가 원하는 모양이 무엇이었는지 알 수가 없었다. 그저 정신을 사용한 창작과 그

창작을 포장하기 위한 용도로만 몸을 사용했다. 몸을 위한, 몸이 원하는 삶의 방식은 지금껏 생각해보질 못했다.

최근 수년간 가까운 친구 몇몇이 다양한 호르몬 치료를 시작했다. 나는 평소 정신과 몸의 분리감에 대해 트랜스젠더 친구들과 이야기를 나눠왔는데, 친구들 중에 일부는 호르몬 치료를 시작하고 나서 젠더 디스포리아gender dysphoria 문제가 조금씩 해결되고 있는 듯했다. 나 또한 호르몬 치료를 권유받기도 했으나, 내가 현재 가진 몸에 대한 생각도 정리되지 않았는데 여기에 또 변화를 일으키는 것이 두려워서 피했다. 몸의 변화를 느끼면서 몸에 대해 탐구하는 데 많은 시간을 사용하는 친구들. 내 몸과 나, 내 몸과 타인, 내 몸과 사회를 하나씩 느껴보는 시간. 그런 시간은 내게 별로 없었다.

하지만 그 모든 순간에도 내 몸은 존재하고 있었다.

언 니 차 예 요

어제(2023년 12월 10일)는 언니의 2주기였다. 언니의 2주기 앞뒤로 무척 기분이 안 좋았다. 근래 들어 가장 기분 나쁘게 무력한 며칠을 보내고 있다.

얼마 전에는 내 친구 한다의 여동생 28주기였다.

만난 지 10년 된 나와 한다 사이는 처음부터 자매처럼 끈끈했다. 내가 큰 수술을 할 때마다, 고통 속에 쓰러져 있을 때마다 한다는 세계 어디에 있든 내 곁으로 달려와주었다. 그런 한다에게 한다의 친족들이 "그애(이랑)는 가족이 없니?" 하고 물었다. 그 질문을 들은 우리는 함께 웃었다. 우리는 서로를 진심으로 가족이라 생각한다. 한국에 집이 없고, 온 세계를 떠도는 특수한 직업과 상황을 가진 한다를 만났다 헤어질 때마다 우리는 약속한 듯 서로에게 편지를 건넸다. 언젠가 공항에서 주고받은 편지를 헤어지고 나서 펼쳐보니 꼬깃꼬깃 접은 돈이 들어 있어서 크게 웃은 적이 있다. 내가 한다에게 건넨 편지 속에도 돈을 넣어두었기 때문이었다. 돈이고 시간이고, 아낌없이 서로에게 주려 하는 사랑 가득한 관계다. 이애만큼은 좁은 내 집에 기약 없이 살고 있어도 불편한 게 없다. 하지만 한다는 언제나 바람처럼 왔다가 바람처럼 사라진다.

한다의 여동생 '빛나'는 1995년 한다가 아홉 살일 때 사고로 사망했다. 언젠가 한다가 여동생을 상실한 그날의 이야기를 어렵게 들려주었는데, 10년 사이 자세한 내용 대부분을 잊어버렸다. 한다와 한다의 엄마, 아빠는 그들의 사랑하는 가족을 애도하는 데 30년 가까이 긴 시간을 썼다. 그사이 장례식도 있었고, 가족 간의 수많은 대화가 있었지만, 그럼에노 애노는 완성되지 않았고 끝이 없었다. 현대미술 작가이기도 한 한다는 비로소 얼마 전에야 빛나를 떠나보내는 애도의 작품을 만들었다. 누구 하나 보는 관객도 없는, 아주 개인적인 퍼포먼스이자 장례식이었다.

동생의 28주기에 SNS에 올라온 한다의 긴 글을 읽으며 사랑하는 존재를 상실한 경험이 주는 고통과 그리움이 영원하리라는 것을 다시금 확인했다(허락을 구하고 문장의 일부를 옮겨왔다).

The experience of separating life from loved ones who want to be with them forever do not fade in the natural flow of time.(영원히 함께하고 싶은, 사랑하는 사람과 삶을 분리하는 경험은 시간의 자연스러운 흐름 속에서도 퇴색되지 않는다.)

It is mind of the loss that one has to endure by remaining alone in the place where one's loved one has left. By not trying to eliminate its existence from memory, by not denying its longing for her, and by being grateful for the uniqueness of its time with her, I endure the weight of burden of solitude from the

언니

loss that, like Sisyphus, who was punished endlessly pushing rocks up the hill.(사랑하는 사람이 떠난 자리에 홀로 남아 견뎌야 하는 것은 상실의 마음이다. 기억에서 그 존재를 없애려 하지 않고, 그에 대한 그리움을 부정하지 않고, 그와 함께한 시간의 유일성에 감사함으로써, 끝없이 바위를 밀어올리는 벌을 받았던 시시포스처럼, 나는 상실감으로 고독의 무게를 견딘다.)

(…)

When my heart grows softer and stronger than now, I will borrow my sister's name and create a story about her. This is the biggest promise and gift I can give my sister this year. Because I want to tell her that I love her always, forever.(내 마음이 지금보다 더 부드럽고 단단해지면, 나는 동생의 이름을 빌려 그에 대한 이야기를 만들 것이다. 이것은 내가 동생에게 줄 수 있는 가장 큰 약속이자 선물이다. 왜냐하면 나는 동생을 항상, 영원히 사랑한다고 말하고 싶기 때문이다.)

—Bitna Youn

차예요

작년부터 한다는 자신의 작가명을 '빛나'로 쓰기 시작했다. 발표하는 작품마다 동생 빛나의 이름을 붙였다. 그의 SNS에는 이름이 Bitna/Handa로 되어 있다. 아주아주 오랫동안, 한다와 그의 가족들은 빛나의 이름을 입에 올리지도 못했다. 그애의 이름을 소리 내어 뱉는 것조차 할 수 없는, 거대한 상실의 무게에 짓눌려 있었기 때문이다.

그리고 나 또한 비슷한 일을 겪고 있다.

나는 언니를 이름 붙여 '슬이 언니'라고 부르지 않고 그냥 '언니'라고만 불렀기 때문에 '슬'이라는 이름을 뱉는 것에는 타격감이 없다. 하지만 "언니가 죽었어요"라는 문장을 내뱉을 때마다 커다란 트럭에 치이는 기분이다. '트럭에 치였다'는 표현마저 이 기분을 설명할 수 있는 것인지 정말 모르겠다. 어쩌면 그 말을 내뱉는 순간마다 잠시 해리 상태에 진입하는 것 같기도 하다. 너무나 낯설고, 너무나 거대한 고통 속에서 이 말을 내뱉으려면 내 영혼은 잠시 이 세상을 벗어나야만 한다.

근래 한국에서 일어난 두 번의 대형 참사(세월호와 이태원 참사) 이후, 시간이 지날수록 유가족들을 향한 비난의 말이 험해지는 상황을 경험하고 있다. 자식의 죽음을 팔아 이득을 취하려 한다는 등, 가장 많이 듣는 말은 '이제 그 얘기는 그만하라'는 것이다. 세월호 참사를 기억하는 노란 리본을 갖고 있기만 해도 그 얘기를 듣는다. 나도 한 번 택시 기사에게 그런 말을 들었다. 그날 택시비 결제를 위해 내민 내 카드에는 노란 리본 스티커가 붙어 있었다. 택시 기사는 그 스티커를 보고 이렇게 말했다.

'그 사람들, 돈에 눈이 멀어서 그러는 거다. 그런 리본으로 기억할 필요가 없다. 리본을 떼라.'

언니의 2주기였던 어제. 나는 방이 두 개인 작은 집 작은 거실에 하루종일 누워 있었다. 사카모토 유지 작가의 2011년작 드라마 〈그래도, 살아간다〉 총 11화를 한 번에 몰아봤다. 그 이야기 속에는 일곱 살 딸을 잃은 가족들이 나왔다. 죽은 아이인 '아키'의 엄마는 '아키가 죽었다'는 말을 내뱉기 어려워서 '그 일'이라고 말했다. 나는 그 대사를 뱉는 아키의 엄마를 이해할 수 있었다. 아마 아키의 엄마도 그 말을 할 때마다 커다란 트럭에 치이는 기분이 아니었을까. 그래서 '그일'이라고밖에 말할 수 없는 거겠지.

그 일.

그때.

그날……

어느새 언니에게 상속받은 차를 몬 지도 2년 차가됐다. 차 없이 너무 오래 다녔기에 내가 차를 몰고 다니면 주변 사람들이 자주 놀라며 물어본다.

"이랑씨, 차가 있었어요?"

그때마다 나는 "언니 차예요" 하고 대답한다.

사람들이 차에 대해 물어볼 때마다 언니의 죽음이 떠오른다. 대답을 할 때마다 역시 차에 치이는 기분이 든다. 언니가 물려준 언니 차. 영원히 내 차가 아닐 차.

2021년 11월 29일, 언니는 예약까지 걸고 오래 기다렸던 새 차를 가지게 됐어요.

차를 받고 곧바로 자랑하려고 한 시간 넘게 운전해서 저희 집 앞까지 왔어요.

저는 그때 너무 바빠서, 언니랑 엄마를 집에 들어오지도 못하게 했어요.

잠깐 집 앞에 나가 엄마에게서 반찬통 몇 개를 받아들고, 언니의 개 말루와 인사를 나누고, 언니 차를 구경했어요.

아주 작고 귀여운, 카키색 경차였어요.

많은 사람들이 이 차를 갖고 싶어서 한참 전부터 예약을 해놓지 않으면 살 수도 없었던 인기 차였어요.

이전에 언니랑 차 얘기로 통화했을 때 저는 흰색이 좋다고 했는데, 언니는 제일 인기 있는 카키색을 샀어요.

지금 보니까 카키색이 훨씬 좋은 선택이었다고 느껴요.

새 차를 받은 지 얼마 안 된 언니는 자기가 죽으면 꼭 랑이에게 차를 주라고 형부에게 말했어요.

저는 그렇게 언니의 새 차를 갖게 되었어요.

언니가 2주도 채 타지 않은 새 차를요.

언니 차를 받은 지 2년이 지났어요.

저는 이 차의 네 면에 잔뜩 상처를 내고, 사고도 한 번 내고, 인생 최초로 운전이라는 걸 하면서 살고 있어요.

처음에는 앞, 옆, 뒤를 보면서 사람들이 어떻게 차를 모는지 정말 이해할 수가 없었는데, 지금은 운전하면서 음악도 틀 수 있고, 담배도 피울 수 있어요.

그럴 때마다 제 스스로가 너무 대단하게 느껴져요.

뒷좌석에는 한다가 흘린 생리혈 자국이 여전히 남아 있고, 준이치가 여러 번 싼 오줌의 흔적도 있어요.

고양이 오줌 냄새는 너무 강해서 어떻게 해도 완전히 사라지지 않네요.

벌써부터 이 차와 이별할 수 있을지 무서워요.

이 차는 제 차가 아니라 언니 차이기 때문이에요.

죽음을 사랑하기를
그만둘까

2023년 여름, 동네 안과에서 시력 측정 불가를 이유로 대학병원으로 옮긴 뒤, 여러 검사를 통해 뇌종양은 아니라는 결과를 얻었다. 하지만 급격한 시력 저하 증상에 대한 진단명을 얻지 못해 계속 다른 병원을 찾고, 옮겨다녀야 했다. 세번째 안과 전문병원에서 '원추각막'이라는 진단을 받았으나 그 병원에서는 치료법이 없다고 했다. 네번째 안과 전문병원에서 '콜라겐 교차 결합술'과 '링 삽입술'이라는 수술을 제안받았다. 시력이 다시 좋아지는 것은 아니었고, 빠르게 실명으로 향해 가는 병의 진행을 강제로 중단시키는 수술이었다. 시력은 하루가 다르게 급격히 떨어지고 있었고, 의

죽음을 사랑하기를

사는 수술 부작용 등을 고민할 시간이 없다고 했다.

 아주 오랜만에 단편영화를 만들고 있던 시기였다. 정해진 마감 기한이 있어서 나는 잘 보이지 않는 눈으로 각본을 쓰고, 현장에서 감독을 하고, 촬영을 마친 뒤 편집실에 가고, 후반 작업을 하러 믹싱실과 색보정실을 오갔다. 내가 보고 있는 그림이, 이 화면이 다른 사람들 눈에는 다르게 보일 거라는 생각이 들어 불안하기만 했다. 주변 사람들에게 상황을 알리긴 했지만 해야 하는 일들이 급해서 아무도 일을 취소하거나 미뤄주진 않았다. 업무 관계자들은 눈에 좋다는 냉동 블루베리를 집으로 보내주었고, 나는 모니터에 얼굴을 바싹 들이대고 일을 했다. 와중에 자주 안과에 가야 했고, 검사 때마다 동공확장제를 넣었기 때문에 검사날이면 종일 눈이 보이지 않았다. 핸드폰에 들어오는 문자도, 전화도 응대할 수가 없었다. 누군가 옆에서 대신 읽어주고, 내 눈이 되어줘야 했다. 보호자를 자처한 한다가 많이 도와주었지만, 눈이 보이지 않는데 눈을 써야만 할 수 있는 일밖에 없어서 자주 짜증이 났다.

시한부 인생을 상상했을 때 느꼈던 '아쉽다'는 감정에 대해 계속 곱씹어 생각을 했다.

한다와 베란다에 앉아 땀흘리고 담배를 피우며 열띤 대화를 나누었다. 새벽이 지나고 아침해가 뜰 때까지 이야기 나누는 날이 많았다. 한다는 미숙한 운전으로 병원에 동행했고, 수술 보호자를 했고, 누군가를 함께 만났고, 따로 만났고, 돌아와 또 한참 이야기를 나누었다. 그렇게 우리는 여름 내내 함께 지냈다. 대화 속에서 매번 엄청난 깨달음을 얻었고, 깨달음의 희열에 사로잡혀 하이파이브를 하고 하하하 웃었다. 하지만 어느 날은 살아 있다는 고통에 휩싸여 몸을 떨며 잠을 이루지 못했다. 그날 밤, 한다는 내 손을 끌어당겨 자기 가슴에 얹고 소리 내지 않고 기도를 했다. 한다가 믿는 신은 어떤 신일까. 내 주변엔 무당도 있고, 선교사도 있고, 평범한 크리스천도 있고, 목사 아들 게이도 있고, 권사 딸 레즈비언도 있다. 나 외에 이토록 많은 사람들이 신을 품고 살고 있었다.

나는 죽음을 자주 이야기하는 사람이었다. 자주 말

죽음을 사랑하기를

하다보니 어느샌가 죽음에 끌렸고, 죽음을 무서워하는 마음이 없어졌고, 죽음을 귀여워하게 됐다. 죽음을 상징하는 이야기와 이미지로 내 주변을 채웠고, 비슷한 이야기를 하는 창작자들과 가깝게 지냈다. 사람들은 그런 나를 보며 불안해했다. 그들이 불안한 마음으로 나를 사랑하는 것은 알고 있었다.

한다가 친척 집에 방문하러 집을 비운 사이 혼자서 많은 것을 정리하고 치웠다. 귀하고 값지고 다시는 구할 수 없는 것들에 대해 신경도 쓰지 않았다. 책을 200권 넘게 버렸다. 10대 때부터 간직해온 인형들도 버렸다. 소중하게 갖고 있던 죽은 사람들의 물건들도 버렸다. M의 옷, D의 옷, 언니의 옷, 할머니 옷과 물건, 열심히 만들었던 언니의 공주 침대 메모리얼 센터도 다 치웠다. 유골 다이아몬드와 형부에게 돌려줘야하는 언니의 일기장 빼고는 다 버렸다. 좋아했던 사진가들의 사진집, 으스스한 이야기가 나오는 만화책들, 오랜 파트너였던 판화가의 모든 그림 액자도 다 버렸다. 무거운 가구도 몇 개 갖다 버렸다. 오랫동안 거실에 걸어두었던 대학 때 친구의 그림과 너무 좋아하는 쿠도 나쓰미의 인형들은 끝내 버리지 못하고 한곳에 치워두었다. 집을 텅 비우려는 목표로 치울 수 있는 만큼 다 치웠다. 버리는 물건들을 밖으로 옮기다 우연히 재활용쓰레기를 모으는 아저씨를 만나 버리는 책들을 다 가져다드렸더니, 아저씨가 내게 "출판사 하세요?" 하고 물었다.

비워야 했다. 비우고만 싶었다. 나를 꽉 채우고 있던 죽음에 대한 열망을.

2020년 7월에 사망한 D가 투병 1주년을 기념하는 케이크 촛불을 후— 하고 불며 "내년에도 살게 해주세요" 소원을 빌었을 때. 그때 내 마음속은 너무나 복잡했다.

'나는 너무 죽고 싶은데, 어쩌지. 이 말을 누구에게도 못 하겠어.'

너무 사랑하는 친구를, 죽음이 목전에 와 있는 친구를 앞에 두고 대체 이 말을 어떻게 꺼내야 할지 몰라

죽음을 사랑하기를

괴로웠다.

100리터 쓰레기봉지 여러 개에다 집에 있는 모든 것을 쏟아부었다. 마지막으로 버릴 것은 편지들이었다. 보낸 사람, 받는 사람 이름을 여러 번 읽어도 아무 얼굴도 떠오르지 않았다. 그랬는데도 나는 이런 편지를 대형 쓰레기봉지가 차고 넘치도록 가지고 있었던 것이다. 제대로 된 집도 없이 수십 번의 이사를 하며, 오래 떠돌면서도 이것들을 다 가지고 다녔다. 초등학교 1학년 때부터 현재까지 모아온 쪽지와 편지들을 하나씩 꺼내 딱 한 번씩 읽고 쓰레기봉지에 넣었다.

"당신의 노래가 나를 살렸어요."
"랑아, 네가 좋아, 네가 필요해."

그 한 문장 한 문장에 기대 내 생명을 조금씩 조금씩 연장해왔다. 하지만 이것들 없이도 살 수 있어야 했다. 살아가야만 했다. 버린 편지들 사이로 10년 전쯤의 연인이었던 I의 엽서가 눈에 띄었다.

"랑아, 그때 나에게 전화해줘서 고마워."

그만둘까

그와 만나고 있던 20대 후반의 어느 밤. 나는 죽기 위해 가지고 있던 (지금 생각해보면 그리 위독하지도 않았을) 수면제 10알 정도를 삼켰고, 잠이 들었다가 새벽에 깨어났다. 잠에서 깨니 화장실에 너무 가고 싶었다. 하지만 약기운이 세서 몸을 가눌 수가 없었다. 눈앞이 빙빙 돌고 방이 울렁울렁했다. 겨우겨우 기어서 화장실에 다녀온 뒤 다시 눈을 감아보았지만, 눈을 감고 있는데도 눈앞이 울렁거렸다. 제발 다시 잠들고 싶었다. 죽는 게 이렇게 어지럽고 무서울 일인가. 결국 나는 밀려드는 공포를 참지 못하고 I에게 전화를 걸었다. 그날 새벽, 급히 차를 몰아 내 집으로 향하던 I는 얼마나 무섭고 놀랐을까. 그는 그날을 어떻게 받아들였고, 어떻게 그날 이후로도 나와의 관계를 이어갈 수 있었던 걸까. 엽서에 쓰인 그 말이 참 고마웠다. I가 얼마나 마음에 심지가 있는 사람이었는지 그 문장이 잘 설명하고 있었다.

"준이치가 죽으면 나도 죽을 거야."
"준이치가 살아 있는 동안만 살 거야."

죽음을 사랑하기를

2006년생인 준이치와 함께 살면서, 18년 동안 나는 계속 이 말을 반복해왔다. 이 다짐의 말이 준이치에게도 나에게도 얼마나 큰 위협이고 협박이었는지 돌이켜 보면 아찔하다. 내 주변을 꽉꽉 채웠던 죽음을/물건을 버리며 준이치에게 미안하다고 백번 천번 말했다. 꾸역꾸역 며칠에 걸쳐 눈물을 쏟아내며 말했다. 청소를 하고, 목욕을 하고, 눈물을 쏟고, 준이치에게 사과하면서 몇 주를 보냈다. 시간이 어떻게 갔는지도 모르겠다. 그리고 친척집에 간 한다에게 전화를 걸었다.

　　"한다야, 기도는 어떻게 하는 거야?"

　　한다는 '소리 내어 부르고, 말하면 된다'고 간단히 대답했다.

　　평소에도 나는 자주 혼자 소리 내어 말한다. 그 말들을 모아 노래를 만든다. 그 말들을 받아 적고 일기를 쓰고 책을 쓴다. 그런데 기도는 어떻게 하는 건지 모르겠다. 아무튼 '니보디 거대한' 에너지를 향해 하는 말일 테니, 존댓말로 시작하면 되는 걸까.

저는 상실에 대한 두려움이 없는 어떤 무한한 세계를 상상했어요.

계속 그 세계에 가고 싶었는데 방법을 모르겠어요.

'내 장래 희망은 유령이다' 그 말을 입에 달고 살았어요.

유령을 사랑하고 부러워했어요.

내가 무엇이든 사랑해주는 그런 사랑을 받고 싶었어요.

엄마와 아빠에게 받지 못해서 언니에게 받고 싶었어요.

학교 선생님에게서 친구에게서 연인에게서 어떻게든 사랑을 받고

그 사랑을 확신할 수 있기를 바라고 사랑을 요구하고 조종하고 그러면서 살아왔어요.

하지만 내가 무엇이든 사랑한다 하는 누구도 나타나지 않았어요.

그런 말을 어떤 존재에게서도 들어보지 못했어요.

다만 저는 준이치를 사랑하면서

이 사랑만은 처음부터 끝까지 해내겠다고

죽음을 사랑하기를

각오했어요.

그렇게 여기까지 왔어요.

그런데 지금부터는 아무것도 모르겠어요.

지금까지 제가 살아온 방식 외에 다른 방식은
몰라요.

언니랑은 더 살고 싶었는데 언니는 그만 살기로
했어요. 그날 하루를.

저는 제 고통을 예술이라는 걸로 말할 수 있어서,
그걸로 사람들이 저를 좋아해주기도 하니까

'아, 내가 뭔가 잘하는 사람인가보다' 그런 생각을
하면서 괜찮을 때도 가끔 있거든요.

그래도 그게 저를 살리지는 못해요.

그 인정이 저를 삶으로 인도하지는 못해요.

그러니까 제발 알려주세요.

이제는 알려주세요.

저한테는 너무 긴 시간이란 말이에요.

사람과 사랑을 믿고 싶어요.

사람과 사랑을 믿고 싶어요.

언니가 그립다.

언니의 말과 행동이 내게 상처를 준 적도 있지만 그것과는 별개로 그리운 건 그립다.

언니가 너무너무 안쓰럽다.

그가 삶에 욕심이 많은 사람이었다는 것을 알기에 더더욱.

그가 평생 사랑을 찾고 꿈을 좇았다는 걸 알기에, 그럼에도 삶을 내려놓기로 마음먹었을 그 사람의 시간을 떠올리면 내가 아프다. 그 누구도 기쁜 마음으로 삶을 내려놓지는 않는다. 너무 지쳐서, 기운이 없어서, 기운을 다 써서, 지치고 지쳐서, 슬퍼하기도 지친 몸과 마음으로 삶을 그만둔다.

그렇게 누군가가 그만둔 삶을 나는 살아간다. 고통을 느끼면서 그 고통에 아파하면서 살아간다.

사라지고 싶다는 생각은 여전히 한다. 그래도 나는 내 삶을 아까워한다. 그래서 또 살아간다. 그 누구와도 같지 않은 내 인생. 단 하나의 고유한 세팅 값. 한국. 서울. 마포구 망원동. 1억 6천만 원 투룸 전셋집. 18세 고양이와 함께 100만 원짜리 중고 리클라이너에 앉아

맥북으로 글을 쓰면서. 일회용 컵 속에 녹아서 밍밍한, 하루 지난 라떼를 마시고 줄담배를 피우면서. 다리 사이에는 고양이를 끼고. 몸을 타고 흘러내리는 슬립을 입고, 왼팔에 값비싼 팔찌 두 개를 차고. 막 샤워하고 나와 젖은 머리로. 가슴은 고통에 쌓여 있지만 무표정한 얼굴로. 이 이야기를 공유하고 싶지 않다는 마음으로 수많은 말을 쏟아내면서. 그래도 혹시 나중에 누군가가 읽을지도 모른다는 생각을 하면서. 아니면 갑자기 이 모든 게 사라질지도 모른다는 생각을 하면서. 오늘을 살아간다. 38년 차 여성으로서. 새벽 2시를.

지금은 지금의
어리석음으로

얼마 전(2024년 2월)에 출연한 아티스트 HWI의 뮤직비디오 현장에서 만난 안무 감독이 했던 말이 인상 깊었다.

"저는 일주일에 이틀만 일하고, 나머지 시간에는 집에서 잠을 자요. 제가 살아보니 저는 이 패턴으로 살아야 하더라고요. 모든 에너지를 완전히 90~100으로 끌어올려 24시간을 이틀 살고, 나머지는 0으로 그야말로 하루에 20시간 이상 자요."

큰 키에 마르고 길쭉한 몸, 하지만 근육으로 다져진

몸. 무용수, 안무가, 댄서 등 주로 몸을 쓰는 일을 하는 사람을 만났기에 내가 요즘 죽어라 생각하고 있는 몸에 대해 이야기할 수 있는 절호의 기회였다. '온'이라는 이름의 그에게 내가 뒤늦게 인지한 몸 이야기를 꺼냈다. 온도 내게 자기 몸에 관한 이야기를 들려주었다. 몸의 일치는 완전하게 100%로는 불가능한 것 같다는 이야기, 자신은 자신의 몸을 좋아하지 않는다는 이야기, 하지만 몸을 쓰는 직업이기에 몸과 몸의 접촉에 대해서는 무척 열려 있고 거부감이 없다는 이야기.

사람들에게 몸에 대한 이야기를 묻고 듣는 것이 참 재미있다. 준이치에게도 몸에 대한 이야기를 듣고 싶다. 거실에서 글을 쓰고 있자니, 침실에 누워 있던 준이치가 책상 밑으로 와 냥냥 운다. 이럴 때 나는 준이치를 안아올려 내 무릎 위에 앉힌다. 그러면 준이치는 금방 '오토바이를 탄다(그르릉거린다)'. 나는 준이치의 진동을 느끼면서 글을 쓴다. 이 무게감과 진동, 움직임과 떨림. 그리고 내가 준이치를 몸 위에 올리는 방법과 방향성. 이 모든 것이 우리가 19년 동안 쌓아올린 관계의 현재 모습이다. 서로에게 익숙하면서도 동시에 하염없이 그립다. 이 모든 것이 그리워지리라 생각하면 더더욱 이 순간이 소중하고 벅차다.

얼마 전에는 동환이와 두 시간 산책을 했다. 20대 초반이던 대학생 시절, 2년 정도 내 연인이었던 동환이는 지금은 너무 소중하고 예쁜 친구다. 유럽에서 10년 넘게 유학생활과 작가생활을 한 동환이는 2024년 초 한국에 돌아와 내가 살던 집을 물려받기로 했다. 나는 동환이에게 내가 살던 집을 물려주고 J와 함께 살 집으로 이사한다.

동환이처럼 연인이었던 사람과 헤어지고 난 뒤 친구로 지낼 때는 왠지 이 관계에 친구라는 이름이 참 안 어울린다는 생각이 든다. 이런 관계를 부르는 새로운 이름이 필요한 것 같다. 모든 관계에 이름이 필요한 건지는 모르겠지만, 동환이를 친구라고 부를 때 어색한 마음이 든다. 그렇다고 '전 애인' '전 남친'도 어색하다. 아무튼 동환이의 배경과 나의 배경에는 공통점이 있다. 폭력적인 아빠, 원하는 것을 원한다고 말하지 못한, 감정표현을 못 하고 자란 가정환경. 동환이는 언어화가 잘되어 있는 사람이라서 함께 대화를 나누면 즐겁다. 동환이가 명상 혹은 산책이 꽤 도움이 된다고 하여 같이 한강을 걸었다. 오손도손 따뜻한 시간을 보냈다. 각자가 겪고 있는 해리 현상에 대해 이야기를 나누었다. 동환이는 정신과 몸의 일치를 위해 복싱이나 검도를 배워보겠다고 했다. 나는 춤을 배워보겠다고 했다. 정신과 몸의 일치화를 꿈꾸며 내가 어떤 액티비티를 선택할 수 있을까 고민 끝에 나온 결론이었다. 어떤 춤을 추면 좋을까? 집에 돌아와 몇 년 전에 가르쳤던 학생이자 지금은 댄서/모델/스타일리스트인 인예에게 연락했다.

"인예야…… 나 힙합 가르쳐줄 수 있어?"

고등학생 때 내 수업(아티스트 지망 청소년 대상 워크숍)을 들었던 학생 인예는 이제 23세가 되었다. 20대 초반인데 혼자 알바도 열심히 하고, 월세도 내고, 춤도 추고 모델도 하고 스타일링도 하며 바쁘게 지낸다. 인예는 내 연락을 받자마자 당장 댄스 연습실을 예약해 버렸다. 바로 다음날, 연습실에서 만난 인예에게 춤을 배웠다. 첫번째 춤 수업은 한 시간 정도 진행했다. 나를 항상 "성생님~"이라고 부르던 인예가 나의 선생이 되어 손바닥을 부딪쳐 신호를 주고, 카운트를 세는 모습이 너무 사랑스럽고 예쁘고 멋졌다. 간단한 올드힙합 기본 동작을 배우는데도 속옷이 축축하게 젖었다. 팔을 들면 아프고, 목을 돌리면 아프고, 몸이 욱신거리는 기분이 좋았다. 몸이 욱신거려야 그제서야 몸이 있다고 느껴진다. 몸이 뜨거워져야 몸이 있다고 느낀다. 사랑하는 사람과 각자 다른 온도의 몸을 맞대고 있을 때 몸이 있다고 느낀다. 그럴 때는 '몸이 있어서 다행이다'에까지 생각이 미친다.

인예는 몸과의 불일치를 말하는 내게 자기가 춤을 사랑하는 이유를 말해주었다. 생각이 복잡할 때 바로 몸을 움직인다고 했다. 거울을 보면서 추는 것도 아니고, 몸 자체에 집중하면서 움직인다고. 보여주는 춤이 아니라, 자신에게 집중하기 위해 춤을 추기 때문에 직업으로서 춤을 추는 것이 어렵다고 했다. 그래서 돈은 다른 일을 해서 벌고 춤은 자기만을 위해서 춘다고.

다른 사람들과 반복해서 몸 얘기를 나누다보면, 사람들이 각자 다양한 방식으로 감정을 해소/분출하며 자신을 돌보고 있다는 것을 알게 된다.

동환이는 산책과 명상, 그리고 테크노 음악으로
인예는 누구에게도 보여주지 않는 춤으로
현지씨는 코인노래방으로
정윤이는 헬스로

사람들은 살아가기 위해서 땅에 발을 붙이고, 정신과 몸을 붙여내고야 만다. 반면에 나는 너무 오랫동안 머리만으로 산 것 같다. 어느 순간부터 몸을 놓고 살았다. 감정을 머리가 아닌, 몸으로 느끼는 방법이 대체 뭔지 모르겠다. 어쩌면 내가 겪는 공황은 머리의 파업일지도 모르겠다. 정신적으로 한계를 느끼니 몸 전체를 셧다운시켜서 몸도 머리도 멈추게 해버리는 게 아니었을까 하는 생각이 든다.

너는 지금 큰일이 났어. 이건 그냥 넘어갈 일이 아니야.

너는 지금 슬퍼야 해. 충격을 받아야 해. 이렇게 일하고 있을 수 없어.

2022년에 처음 찾아온 공황. 나의 공황은 그냥 픽하고 쓰러지는 증상이었다. 아무것도 할 수 없게 몸의 모든 곳에 힘이 빠져서 앉거나 누울 수도 없었다. 젖은 수건처럼 바닥에 널브러져서 30분 정도 가만히 시간을 보내야 했다. 그때 나는 무슨 생각을 했던가, 기억도 잘 안 난다. 연약한 사람이 버거운 상황을 맞닥뜨렸을 때 이런 모습일까. 앓아눕는 것? 그 수밖에 없나. 우는 것. 슬퍼하는 것? 슬퍼하는 것도 여러 모습이 있을 텐데 그중 어떤 모습일까? 나는 또 머리로 생각하고야 만다. 어떤 모습인지 떠오르면 그걸 수행하려고 생각하나? 모르겠다. 정말 모르겠다. 이렇게 계속 머리로 생각하고 일기를 쓰고만 있다.

맘껏 울 수도, 웃을 수도 없던 유년 시절의 기억들. 결국 그 기억들이 뭉쳐 어른이 된 지금의 내가 되었다. 감정을 머리로 이해하려고 하는 내가, 통제하지 못하면 무너질 거라고 생각하는 내가, 모든 걸 계산하고 계획하고 변수까지도 계획에 넣는 내가 되었다. 오랫동안 장래 희망으로 여겼던 전뇌화는 잘못된 선택이었던 걸까. 얼마 전까지도 나는 뇌만 남기고 몸뚱이를 로봇으로 바꾸고 싶었다. 어쩌면 지금 내 모습이 그와 가까운 걸까. 그냥 쓰러져 죽어도 사람들이 '아— 그럴 만했다'고 이해할 만큼 큰 폭풍을 맞아도, 이렇게 무표정한 얼굴로 앉아서 일을 하는 것이 이미 내가 고장났다는 증거일까. 나는 고장난 걸까.

사고로 몸을 크게 다친 뒤, 〈문제적 회복기〉라는 제목의 메일링을 시작한 핑여와 이야기했던 것처럼 이 모든 게 너무 오래된 '해리 현상'의 부작용이 아닐까 하는 생각이 든다. 그리고 나는 언니의 장례식에서 해리 상태였던 것 같다. 그랬기에 울지 않고 일을 척척 해결하고 장례식을 공연처럼 꾸미고 했던 게 아닐까. 장례식 내내 나는 남들이 기절초풍할 만큼 씩씩했다. 그러다 손님이 거의 없던 마지막날 새벽, 언니의 영정 사진 앞에서 한 번 크게 울었다. 그때도 나는 언니를 이해해서 울었다기보다 언니가 없는 내 삶이 막막해서 울었던 것 같다. 내가 언니의 무얼 이해할 수 있을까. 나는 해리 상태로 어른이 되었고, 언니는 끔찍한 상황 속에 있었다. 언니가 견디는 상황에서 한 발짝 벗어나 있었기에 나는 '살아 있을 수 있었다'. 막상 언니는 내가 빨리 죽을 것 같다며 항상 걱정했지만 에너지가 먼저 닳은 쪽은 언니였다. 나는 이렇게 살아서 느리게 성장하고 있다. 삶에 집중하기엔 여전히 삶이 무섭기만 하다. 한계 속에 아름다운 것이 있다는 것은 어렴풋하게나마 알고는 있지만, 한계가 있는 삶에 뛰어드는 것이 무섭다.

언젠가는 언니가 있었고
언젠가는 친구가 있었고
언젠가는 사랑이 있었고
스스로 특별한 사람이라고 믿었던 때가 있었고
그걸 평범한 사람이라는 말로 숨기던 때가 있었고
나는 평범한 사람이 아닐 거라는 확신이 있었고

지금은

나는 특별한 사람이 아니었고

누구나 고유한 한 사람이었다는 것을 뒤늦게
깨달았고

내가 가지고 있는 이 무게만큼 모두가 견디고
있다는 것을 뒤늦게 알았고

타인과 관계를 맺는 것에 대해 얼마나 무거운
일인가를 이제야 알았고

그때는 그때의 어리석음으로

지금은 지금의 어리석음으로

지혜는 결국 연습만 할 뿐이고

연습은 결국 완성되지 못할 것이고

그래도

그래도

그래도

지금의 어리석음으로

너와 나의 하루

나의 40대, 50대, 60대, 70대는 어떨까. 지금보다 더 쇠약한 몸과 집중하기 어려운 몸으로 무엇을 쓰고 있을지 궁금하다. 누구와 대화하고, 어디에 살고, 무엇을 먹고 있을까. 어떤 노래를 부르고 어떤 노래를 듣고, 어디를 걷거나 달리고 있을까. 어떤 옷을 입고 어떤 머리를 하고 몇시에 잠이 들까. 어떤 책을 보고 어떤 영화와 연극에 감격할까.

너의 하루가 궁금해
나의 하루가 궁금한 것처럼

너와 나의

네가 무엇을 먹고 입는지 무엇을 보고 생각하는지

무엇을 하고 싶고 하기 싫은지

누구를 만나고 싶고 어떤 약속을 취소하고 싶은지

물을 좋아하는지 무서워하는지

우르릉 쾅쾅 천둥과 번개 소리에 놀라거나 침착한지

빗소리를 들으며 잠들 수 있는지

귀신 꿈을 꾸고 나면 무얼 제일 먼저 하는지

설거짓거리를 쌓아두고 며칠을 참을 수 있는지

세탁기가 종료됐다는 멜로디를 몇 분이나 무시할 수

있는지

버스 어디에 타는 걸 좋아하는지

계단 두 칸을 한 번에 오를 수 있는지

같은

네가 거절당했을 때 느꼈을 아픔

그걸 애써 견디며 지냈을 시간

어떤 날은 너무 외롭고 피로워 몸부림치고

어떤 날은 세상에서 가장 센 존재처럼 느끼며

뿌듯해하고

하루

수없이 망한 사진을 찍고 가장 잘 나온 사진을 골라
간직하고

누군가의 사진을 오랫동안 들여다보고

누군가의 말을 오랫동안 기록하여 간직하고

사람들 사이를 빠르게 달리며 무언가를 추스르고

견디고 견디고, 잊고 잊다보면 그다음이 있겠지
하면서

내디뎠을 발의 무게

땅을 밀어내는 몸의 무게

어떤 때만 나오는 높고 얇은 목소리와

대부분 낮게 등장하는 목소리와

길고 피로한 손가락

굴곡이 없는 뭉툭한 발바닥

불안해하며 떨리는 심장과 함께

머리와 목을 타고 흐르는 차가운 땀과

뭔가를 집어던지거나 스스로를 때리지 않으면
멈추지 않던

몸 깊숙한 곳에서 뻗쳐올라오는 파동과

고요하고 무거운 바다 속에서의 너

너와 나의

그 모든 순간의 너를 보고 싶었던 나

매일매일 보고 싶은

모두

이 몸으로
살아 있는 것이 전부

나는 인간이다. 동시에 인간종을 탐구하는 관찰자처럼 살고 있다. 관찰자로서의 위치에 몰입하면 인간들의 행동이 하나도 이해되지 않고, 보고 듣는 모든 것이 낯설게 느껴지고 때론 우습다. 어릴 때 극한의 스트레스 속에서 발현된 해리 증상은 여전히 나아지지 않았다. 해리 증상이 심할 때는 나를 죽이고 모두를 죽이고도 아무렇지 않을 것만 같다.

하지만 나는 인간이다. 실은 모든 순간에 인간의 행동과 감정을 이해하고, 공감에 빠져 자주 슬퍼하고 분노한다. 몸이 떨리고 아플 정도로 그렇게 된다. 인간들이 겪는 불의한 일들을 참지 못하고 뛰쳐나가 위험한

이 몸으로

상황 속에 나를 위치시킨다. 위험한, 극심한 스트레스 속에 위치하는 일이 너무 잦다. 그래서 또다시 해리 상태가 된다. 해리 상태가 되면 아무것도 무섭지 않기 때문에 더 위험한 곳에 가서 위험한 행동을 할 수 있다. 그리고 다시 인간으로 끙끙 앓으며 공포와 절망감 속에서 떤다. 이것을 반복하고, 반복하는…… 나는 약한 인간이다. 강해지고 싶었지만 그럴 수 있는 방법은 딱히 없었다. 매년 '이렇게까지 힘들다고?' 싶을 정도로 무서운 일들이 생겼다. 죽음을 엄청 기다렸다. 죽음은 눈앞으로 코앞으로 다가왔다 멀어졌다 했다. 사랑하는 사람들이 먼저 죽었다. 하지만 다음 순서는 예측할 수 없기 때문에 앞으로는 어떻게 될지 모르겠다. 그리고 또 사랑하는 사람이 생겼다. 간절히 원해서 몸살이 나게 만든 사람. 만지고 싶어서 그를 만지려면 '내 몸이 있어야겠다'고 생각하게 만든 사람. 이미 죽은 사랑하는 사람들에게 소개하고 싶은 사람. 나처럼 약하고 너처럼 인간인 사람. 죽음이 찾아오거나 이별이 찾아오는 날이 있겠지만 이 관계 자체로 이미 많은 변화를 가져다준 사람.

그리고 이 모든 순간에 곁에 존재한 준이치. 나와 다른 종이지만 함께한 모든 순간에 '곁에 있음'을 가르쳐준 고양잇과 동물. 그 '있음'을 알면서 떠나려고 했던 내 선택을 후회한다. 반성한다. 사죄한다. 나는 이제 떠나지 않을 것이다. 죽음으로 어쩔 수 없이 떠나게 되는 순간이 올 때까지는 떠나지 않을 것이다. 떠나지 않고 존재할 것이다.

　　분리되어 있다고 생각했던 정신과 몸은 사실 하나였다. 영혼, 정신, 마음이라고 불리는 그것들 모두가 결국 '몸' 자체였다는 것을 이제 알았다. 눈앞에서 사랑하는 사람이 죽는 모습을 보았을 때는 찰나의 순간으로 결정되는 부재를 감당할 수 없어서 온몸으로 영혼의 실재를 기도했다. 눈에 보이지 않는 형태로 존재할 사랑하는 사람들에게 닿으려고 노력하면서, 그들의 부재와 나의 외로움을 달래보려고 했다. 하지만 그들은 모두 그들의 몸과 함께 사라졌다. 나는 내 몸을 가지고 그들의 기억과 함께 살고 있다. 내가 살아 있고, 기억하는 동안 내 세계에 그들은 함께 있다. (다만 영혼이나 유령으로서가 아니라 기억으로서.)

인간종은 약하고, 그래서 자기 존재를 위협하는 모든 상황에 민감하다. 실제로는 존재하지 않는 위협까지도 상상하고 그 상상 속에서 괴로워한다. 매 순간 죽음을 감지하고, 그 감지력이 있기에 생성된 능력과 함께 살아간다. '이야기'도 그 능력의 하나다. 인간종은 끊임없이 이야기를 갈구한다. 나는 그게 인간들이 '어떻게 살아내야 하는지' 데이터를 수집하기 위해서라고 생각한다. 자신의 삶 하나의 데이터로는 풀 수 없는 무섭고 심각한 사건사고가 동시에 수없이 벌어지는 곳이 이 인간 사회이기 때문에. 인간종은 조심하기 위해, 자신의 약한 몸을 지키기 위해 이야기를 수집한다.

나는 자신의 약함을 아는 인간을 좋아한다. 약함을 가지고 살아가는 방법을 탐구하는 인간이 좋다. 살아나가는 두려움을 아는 인간이 좋다. 살아갈 방법을 무언가에 의탁하지 않고 끊임없이 스스로 생각하려는 인간이 좋다. 자신의 방법을 전하기 위해 언어를 사용하는 인간이 좋다. 더 탁월한 방법으로 말하기 위해 노력

하는 인간이 좋다. 말과 글이 좋다. 말과 글을 좋아하
는 인간이 좋다. 겪지 않은 이야기로 끝없이 상상할 수
있는 인간이 좋다.

　나는 인간으로, 현재 존재하는 인간들 속에서 살아
갈 것이다.
　이다음을 살아갈 인간들을 상상하면서.

뚜벅뚜벅,
1도 모르는 신기 속으로

이 원고는 〈KYOTO EXPERIMENT 교토국제무대예술제 2023〉에서 전시된 작가의 오디오 퍼포먼스 작품〈Moshimoshi City : 1から不思議を生きてみる / 뚜벅뚜벅, 1도 모르는 신기 속으로〉의 텍스트를 바탕으로 하고 있습니다. 전시 작품은 교토 히가시쿠조 지역을 걸으며, 허구의 이야기를 음성으로 들으며 관객이 머릿속에 상상의 작품을 만들어내는 방식이었지만, 본 책에 수록하면서 특정 지역을 대상으로 하기보다는 보다 보편적인 장소로 내용을 열고자 하는 작가의 의도에 따라 일부 수정을 거쳤습니다.

A. 인간

* 자신의 모습이 비쳐 보이는 유리창 앞에 있다고 상상하며 읽으세요.

안뇽~, 어…… 갑자기 너무 놀랐지! 아휴~

일단! 이게 어떻게 된 일인지 나도 아직 파악을 다

못 해서

어, 내가 해줄 수 있는 말이 많이는 없는데……

그래도……

아! 나는 너보다 아주 쪼끔 먼저 여기에 왔어.

여기 시간으로 한, 두 달? 그쯤 된 거 같애.

근데 내가 여기 처음 왔을 때

뚜벅뚜벅,

여기가 뭔지, 어딘지, 어떤 덴지 알려주는 그 누구도
없었거든.
그래서 나는 너무 힘들었는데……

그래서! 내가 여기서 좀 살아보면서 알게 된 거를,
나처럼 여기 갑자기 오게 된 친구들한테
알려줘야겠다는 생각이 들더라고?
그래야 그나마 여기서 덜 헤매지 않을까
싶어서……
왜냐면 나는 혼자 너무 힘들었으니까?
아무튼 그래서 너한테 이 얘기를 하게 된 건데,
지금 많이 놀랐겠지만 좀만 들어주면 좋겠어.

일단, 거기 앞에 유리 창문에 가까이 가볼래?
거기 가면 지금 네 모습이 좀 비쳐서 보일 거야.
그것 때문에 또 많이 놀랄 수가 있는데……
그래도 일단, 일단은 한빈 봐봐.

보여?

그게 뭔지 알겠어?

그러니까 그게 여기에서의 너야.

그치. 전이랑 너무 다르지. 하……

그러니까 그걸 사람이라고 하는데, 아, 여기는 지구라는 데야.

지구에는 그렇게 생긴 사람들이 많이많이 살고 있어. 뭐 다른 것도 많이 있는데……

아무튼 우리는 갑자기 사람이 된 거 같아. 여기 지구에서.

왜, 왜 그런지는 아직 나도 몰라.

뭔가, 우리가 뭘 잘못했나?

아니면 뭘 잘해서 이렇게 됐나?

그걸 잘 모르겠는데……

그냥 정신을 차려보니까 나도 여기 와 있는 거야.

근데 뭘 어떻게 해도 원래 있던 데로 돌아가는 방법을…… 아직도 나는 못 찾았고,

일단, 이 상태가 쉽게 변하는 것 같지는 않더라고.

진짜야. 한번 돌아가려고 해봐. 위로 뜨지도

뚜벅뚜벅,

않는다니까?

아니, 이게 몸이 되게 무겁지 않아?

뭐 뜨지도 않고, 아예 몸이 땅에 붙은 거 같다니까.

그나마 다행인 거는, 여기 지구에서 쓰는 말은 그냥 할 수 있게 되더라고.

아마 너도 바로 할 수 있을 거야.

지금도 내 말 들으면 뭔지 알겠지?

내가 지금 지구 말을 하고 있잖아. 몰랐어?

봐봐, 그럼 내가 몇 개 말을 해볼 테니까 뭔지 알겠으면 어, 그걸 움직여봐봐.

내가 해볼게!

발. 발가락.

손. 손가락.

뭔지 알겠어?

팔꿈치.

눈 코 입 목.

엉덩이.

아, 엉덩이는 뒷면에 있어.

그, 몸을 이렇게 돌리면 보일 거야. 보이지.

되게 움직이기 어렵지 않아?

다 뭔가 너무 무겁고…… 아무튼 무거워.

근데 여기는 다 이렇게 무겁게 지내더라고. 뭐 다른
방법이 없나봐.

근데 신기한 거는, 몸이 있으니까

그냥 가만히 있어도 막 이것저것 느껴져. 뭔지
알겠어?

그니까, 지금 네가 몸에 걸치고 있는 걸 옷이라고
하는데, 그것도 지금 느껴지지 않아?

아니면 옷을 한번 만져봐. 다 뭔가 느낌이 있어.

아니, 나도 느낌이라는 걸 여기서 처음 알았거든.

근데 진짜 신기한 거는 내가 나를 만지잖아?

그럼 느껴지더라고.

내가 느껴지는 게, 그게 진짜 신기해.

뚜벅뚜벅,

아, 사람들은 뭘 만질 때 손을 제일 많이 쓰는데,

나도 손으로 해보니까 그게 제일 편하더라고. 뭔가

만질 때.

그래서 아무튼 여기저기 만지면서 그 느낌이랑,

너가 지금부터 몸이 있다는 거를? 그걸 먼저 아는

게 중요해.

왜냐면 여기서는 몸을 써야만 살 수가 있어.

아, 맞다. 어디를 갈 때도 이제 몸을 움직여서 가야

하거든?

그걸 어떻게 하냐면! 어……

자, 발이 두 개가 있잖아?

그중에 하나를 위로 좀 들어봐. 그리고 그 발을 조금

앞에다 놓으면서,

다른 발을 들었다가 그…… 따라서 놓는 건데. 아

이게…… 잘 모르겠지.

그러면, 저기 뭐야. 혹시 주변에 너 밀고 다른

사람이 있어?

좀 있으면 좋겠는데……

왜냐면 내가 본 사람들은 대부분 움직이고
있었거든.

그래서 나는 처음에, 아, 처음에 진짜
힘들었는데…… 아니 아무튼.

나는 처음에 다른 사람들을 보고 대충 따라 했어.

근데 한 사람 말고 여러 사람을 보는 게 좋아.

다들 움직이는 게 조금씩 다 달라서,

가능하면 사람들이 어떻게 움직이는지 좀 보다가
거기서 살짝 연습하고 가면 좋을 거 같애.

할 수 있겠어?

어딜 가기는 가야 돼.

왜냐면 거기 너무 오래 있으면 누가 와서 뭐라고
하더라고.

아니 나한테도 여기 어떻게 왔냐고 하는 거야.

근데 나는 여기 어떻게 왔는지 모르잖아?

그래서 모른다고 했더니, (한숨) 그때 좀 일이 안
좋게 됐어……

그래서 많이 힘들었거든. 아무튼.

뚜벅 뚜벅,

걸을 수 있겠어? 그럼 좀 걸어가보자.

B. 사회
*도서관에 있다고 상상하며 읽으세요.

걷는 거 진짜 힘들지. 하—

나는 처음에 너무 충격을 받아서…… 쯧.

아니 근데 뭔가 걷는 맛이 있긴 있어.

조금 걷다보면? 아니 많이는 말고……

아, 여기는 어디냐면, 도서관이라는 데거든?

여기를 왜 오자고 했냐면, 어……

내가 여기 와서 지내면서 제일 도움을 많이 받은

데라서 오자고 했어.

여기 살면서 제일 어려운 게, 그런 거 서든?

여기서 어떻게 살아야 되나. 뭐 어디를 가서,

하루종일 뭘 해야 되나. 그런 거 있잖아.

근데, 하— 그거를 누구한테 물어보면 안 되는
거야.

아니, 안 된다고 할까, 그냥 물어보면 다들
가버리더라고?

근데 나는 성격이 좀 궁금한 걸 못 참아가지고

여기 오자마자 사람들 보이면 가서 막 물어봤거든?

여기서 어떻게 살아야 되냐고? 진짜 100명?

하루에 100번은 넘게 물어봤는데 진짜, 아무도
대답을 안 해줘.

아니, 한 번은 어떤 사람한테 물어봤다가 맞을
뻔했다니까?

그때 진짜 깜짝 놀랐어.

그래서 그때는 나는 잘 걷지도 못하는데 막
뛰었다니까? 참……

아무튼 그러다가 어떤 사람 한 명이 여기를
가보라고 하는 거야. 여기 도서관을.

그래서 도서관이 뭐냐고 물어봤더니, 그 사람이
말하는 거는

뚜벅뚜벅,

'사람들이 살아갈 방법을 찾을 때 가는 데'라는 거야.

그래서 그날부터 내가 여기를 하루에 한 번씩 꼭
왔어.

진짜 다행인 게, 우리가 여기 말을 알잖아, 말을 할
수 있잖아.

그래서 여기 도서관에 있는 책을 보면 읽을 수가
있거든?

그니까, 책이 뭐냐면, 어……

사람들이 하는 말을 기록한 게 책이야.

말은 지금 네가 듣는 것처럼 소리잖아, 소리는 잠깐
있다가 사라지잖아?

근데 책은 그 소리를 남겨놓는 거야.

어…… 왜 남겨놓냐면,

예를 들어서 나랑 너처럼 갑자기 지구에 도착한
친구가 또 있다고 쳐?

그러면 내가 너한테 한 얘기를 처음부터 또다시
해야 되잖아?

근데 책이 있으면 그냥 책을 주면 돼.

그러면 나는 똑같은 말을 여러 번 안 해도, 다 알려줄 수가 있는 거야.

진짜 신기하지.

그리고 내가 생각할 때는, 여기 사람들이 몸이 있잖아?

아마 곧 알게 될 텐데 이게 사람 몸이 되게 약해.

뭐라고 하지, 되게 '유한해'.

유한이 뭐냐면,

어, 우리가 원래 살던 데처럼 무한하지 않다는 거야.

그니까 여기 지구 사람들이 되게 시간이랑 숫자, 날짜 이런 거에 엄청 집착하거든?

그 뭐라고 하지? 효율???

효율이라는 말을 진짜 많이 써.

그래가지고 그 효율 때문에 책이 있는 거야.

근데 효율이 생각보다 괜찮더라고.

아니. 효율이 괜찮은 게 아니라 책이라는 게 괜찮더라고.

뚜벅뚜벅.

뭐가 괜찮냐면, 어.

여기 도서관 안에 보면 분류가 있어.

이것도 내가 봤을 땐 효율 때문에 분류를 한 거 같은데, 뭘 분류했나 보니까.

사람들이 모여서 살아가는 그 뭐라고 하지, 세상? 세상을 분류한 거야.

세상이 어떻게 만들어져 있는지?

아. 설명하기가 어렵다⋯⋯

그니까 사람들이 몸이 약하다고 했잖아, 유한하다고.

그래서 사람들이 뭘 제일 중요하게 생각하냐면

'어떻게 해야 쉽게 소멸하지 않을까' 그런 거야.

아, 뭐라 그러지, 그니까 사람이 생각보다 쉽게 소멸돼.

막 걷다가도 픽픽 쓰러진다니까.

부딪히고, 찔리고, 물에 빠지고, 물에 나고, 공기가 없고 그래도 걍 소멸돼.

아니 그리고 그냥 어느 정도 시간이 지나면 무조건

소멸돼.

아마 사람들이 이렇게 옷도 만들어서 입고, 집이나
뭐 이런 건물도 짓고,

어떻게든 소멸되지 않으려고 하는 거 같애?

그럴 수 있는 방법을 계속 찾고, 그거를 또 책으로도
엄청 써놨어.

우리는 원래 살던 데가 '유한' 그런 게 없잖아.

그래서 우리는 책도 필요 없었잖아?

근데 혹시 나중에 돌아갈 때 지구에서 뭐 하나만
갖고 돌아가도 된다고 하면

나는 책을 갖고 가고 싶어.

진짜 책이 재밌더라고.

아무튼, 도서관에서 보다보면 너도 재밌어할 만한
뭔가가 있을 거야.

막 당장은 없어도 괜찮아. 차츰차츰? 생기면
좋겠다.

느낌이 잘 안 오면 그냥 대충 분류만 봐도 돼.

뚜벅뚜벅,

사람들이 세상을 분류해놓은 거도 꽤 신기하긴
하거든?

뭐 네가 하나도 관심 없을 수도 있는데, 근데 전부
다 재밌을 수도 있어.

아 맞다!! 그리고 여기서는 진짜 조용히 해야 돼.

나도 왜 그런지 모르겠는데, 여기서 책을 보다가
옆에 있는 사람한테 뭘 물어봤거든?

그랬더니 나한테 이러는 거야.

쉬잇!!!!!!!!!!

이건 조용히 하라는 소리래. 꼭 알아둬.

C. 예술

* 외벽에 축제 모습이 그려진 건물을 상상하며 읽으세요.

거기 엄청 큰 그림 보이지.

여기 주변에 그렇게 그림 그려져 있는 건물이 또 없잖아.

거기만 엄청 눈에 띄지 않아? 그치.

내가 여기 오자고 한 거는……

사실 여기 지구에 와서 내가 제일 재밌다고 생각한 걸 알려주고 싶어서거든?

그게 뭐냐면……

거기 그림에 보면 사람들이

손에 뭘 들고 있고, 머리에 뭘 쓰고, 입도 벌리고 뭐 그러고 있잖아.

얼굴 표정도 봐봐.

뭔가 그냥 이렇게 길에 지나가는 사람들하고 좀 다르지 않아?

그니까 이 사람들이 뭘 하는 거냐면, 어……

춤추고 노래하고 악기 연주하고 그러고 있는 건데, 그 건물 안에서 그런 걸 하고 있다는 거야.

나도 그냥 지나가다가 여기서 소리가 나오길래

뚜벅뚜벅,

궁금해서 들어가봤거든?

근데 사실 여기는 안에 친구가 있어야 들어갈 수
있나보더라고.

그때 내가 들어갔더니 나한테 물어보는 거야.

누구 찾아왔냐고.

근데 나는 누구 아는 사람이 없잖아. 그래서 그때 또
일이 힘들게 될 뻔했는데,

지금은 사실 여기에 친구가 한 명 생겼어.

그때 누구 찾아왔냐고 물어본 사람인데…… 나중에
소개해줄게.

아무튼, 친구가 없으면 여기 들어가는 건
어려우니까 오늘은 일단 밖에서 보고,

친구 사귀는 방법은 내가 이따가 다시 알려줄게!

아무튼 여기서는 사람들이 저 그림처럼 막 저런
표정을 지으면서 노래도 하고 춤도 추고

소리 나는 악기도 막 연주하고 그러거든?

그런 거를 다 합쳐서 예술이라고 하는 거 같애.

내가 도서관에서 그걸 본 적이 있어.

근데 예술이, 이게 참 설명이 어려워.

이것도 사람들이 만드는 건데, 또 그냥 뭘 만드는 걸 예술이라고 하지는 않거든?

ㅎ ㅏ…… 그니까 지금 네가 입고 있는 옷이나, 뭐 저기 지나가는 자동차나,

그냥 여기 있는 건물?

그런 걸 만들었다고 예술이라고 하지는 않는데? 근데?

막 했던 말을 하고 또 하고, 말을 높게 했다 낮게 했다, 길게 했다 짧게 하고,

비슷한 동작을 반복하기도 하고, 아니면 그냥 가만히 멈춰 있기도 하고,

그러고 있잖아. 아, 그 벽에 있는 것처럼 세상 어떤 장면을 그릴 때도 있고……

아니면 그냥 어떤 생각 자체를 예술이라고 하는데, 이게 진짜 설명이 어려워.

근데 뭐가 제일 신기하냐면!

사람들이 뭘 보거나 듣거나 그러고 나서

뚜벅뚜벅,

"와~ 이거 예술이다" 아니면 "아, 이건 예술 아니지" 그러는 거야.

그렇게 예술인지 아닌지 구분하는 게 그게 제일 신기하더라.

아, 그리고 사람들이 쉽게 소멸하지 않으려고 되게 여러 가지로 열심히 하잖아?

아마 여기 걸어오면서도 많이 봤을 거야.

사람들이 소멸하지 않으려고 뭘 엄청 만들어놨잖아.

근데, 예술은 또 그거랑 관계가 없다는 거야.

말은 그렇게 하는데,

근데 내가 여기 와서 보니까 아무래도 예술은 사람이 소멸하지 않는 데 꼭 필요한 거 같애.

왜냐면 사람들이 막 힘들고 괴로우면 모여서 노래를 불러.

그러는 걸 여기서도 몇 번 봤거든?

그래서 나도 그럴 때 노래를 한번 해봤어.

나는 여기 와서 걷는 게 진짜 힘들었거든?

그래서 어느 날은 노래를 부르면서 걸어봤어.
그랬더니 좀더 걷겠는 거야.

근데 내가 아는 노래가 없잖아? 그래서 내가 어떻게
했냐면,

그냥 아무 말이나 노래처럼 들리게 불러봤어.
막 이렇게 한 거야.

걸어야 돼, 걸어야 돼
안 걸으면 못 가니까 걸어야 돼
못 가면 안 되니까 걸어야 돼
걷자 걷자걷자 걷자고, 걷자 걷자걷자 걸어보자고

이게 노래야…… 어때?
이거 예술인지 뭔지 모르겠지만……

근데 이렇게 부르면서 걸으니까 확실히 좀더 걸을
수 있는 거야.

아 근데, 다른 사람들이 다 이상하게 보더라고,
나를?

노래를 부르면서 걸으니까 그러더라고. 그게

뚜벅뚜벅,

이상한가봐.

　사람들이 신기한 게 이 '이상하다'는 걸 되게 빨리
느끼더라고.

　느끼는 건지 뭔지 모르겠는데……

　나는 사실 이상하다는 게 어떤 느낌인지 잘
모르거든?

　근데 내가 도서관 가기 전에 사람들한테 어떻게
살아야 되나 물어보고 다녔다고 했잖아.

　그때 어떤 사람한테 맞을 뻔했다고 했잖아. 기억나?

　아마 그 사람도 내가 이상하다고 느껴서 그랬던
건가 싶은데……

　근데 내가 뭐가 이상했던 거지?

　아무튼, 어디 모여서 노래하는 사람들은 여기서 몇
번 봤는데,

　걸어다니면서 노래하는 사람은 진짜 못 봤어.

　근데 너도 걷기 힘들면 노래하면서 걸어봐.

　뭔가 그러기 좀 어려우면, 어, 속으로 불러도 돼.
밖에 소리 안 나게.

아! 알았다!

다른 사람들도 다 속으로 노래 부르는구나!!

그래서 나를 이상하게 본 건가?

근데 왜 그러지? 그냥 소리 내서 부르면 안 되나?

아— 진짜 모르겠네.

D. 이름
*강 위에 있는 높은 다리 위에 있다고 상상하며 읽어주세요.

어때? 지금 느낌이 어때?

내가 왜 물어보냐면,

나는 여기 처음 올라왔을 때 다리가 너무 떨리는
거야.

나는…… 많이 걸어서 그런 줄 알았거든?

그래서 어느 날은 많이 안 걷고 딱 여기로 곧장 와본
적이 있어.

근데 그날도 다리가 또 덜덜 떨리는 거야.

뚜벅뚜벅,

그게 너무 신기해서 여기만 진짜 여러 번 올라왔어.

근데 아직도 나는 여기 오면 다리가 떨려.

이게…… 역시 몸이 있어서 그런가봐.

너도 나도 여기 와서 몸이 처음 생긴 거잖아.

나는 그냥 몸이 생겼고, 사람이 됐으니까

어떻게 저떻게 몸을 쓰면서 살면 되겠거니 했거든?

근데 이렇게 다리가 덜덜 떨리는 거를

느끼니까……

와, 내가 진짜 사람이구나 싶더라?

뭔가 몸이 어떻게 될까봐 무서운가봐.

근데 내가 뭐가 무서운 건지를 모르겠는 거야.

내가 여기서 일부러 떨어질 거도 아니거든? 근데 왜

무섭지?

다른 사람이 지나가다가 혹시 나를 밀어서

떨어뜨릴까봐?

아니 근데, 다른 사람이 없을 때도 다리가 떨려.

그냥 이게 사람인 걸까?

매 순간순간 있잖아, 자기가 소멸될까봐 두려운 게 사람인 걸까.

나도 슬슬 그렇게 된 걸까.

너는 어때? 여기 와서 뭔가 무섭다고 느낀 게 있어?

아, 너무 오늘 처음 와서 잘 모르나?

나는 아까도 말한 것처럼 누가 나를 때리려고 했을 때, 그때가 제일 무서웠거든?

그 사람이 왜 그랬는지 아직도 모르는데……

혹시 그 사람도 무서워서 그랬던 걸까?

내가 무서워서?

근데 나는 그냥 질문한 것뿐인데……

여기서 어떻게 살아야 되는지. 그냥 질문.

그 질문이 이상해서 무서웠나?

그래서 요즘에 내가 어떻게 하고 있는 줄 알아?

요즘에는 누굴 만나면 나는 먼저 인사를 해.

인사를 하면 사람같이 보고, 그렇게까지 이상하게

뚜벅뚜벅,

보지는 않더라고.

근데 또 큰 문제가 있어.

인사를 하고 나면 꼭 이름을 물어보더라.

그러고 보니까 다른 사람들이 다 이름이 있는 거야.

내가 이름이 없다고 하니까, 나한테 거짓말하지
말라는 거야.

나는 거짓말이 뭔지도 모르는데.

그래서 내가 이 이름이라는 걸 요즘에 계속
생각하고 있거든?

왜 이 세상에 있는 게 다 이름이 있는지.

왜 이름이 없으면 사람들이 이상해하고
무서워하는지.

내가 또 사람들한테 물어봤어.

이름이 다들 어디서 생겼냐고.

그랬더니 또 물어보면 안 되는 걸 물어본 것처럼
이상하게 보는 거야.

다들 그냥 원래 있었다고 하더라?

근데 우린 원래 여기서 살지 않았잖아.

그래서 우리는 어떻게 해야 되는 건가 싶어.

나랑 너처럼 갑자기 지구에 온 사람을 부르는
이름이 있을까.

그러면 나랑 너랑 이름이 똑같이 되는 건가?

여기에 사는 사람들이 우리한테 이름을
만들어줄까?

아니면 그러기 전에, 우리가 먼저 이름을
만들어놓으면 좋을까?

나는, 너랑 나랑 이름이 같아도 좋은데 달라도 좋을
것 같아.

왜냐면 그냥 서로 이름을 불러주면 그게 기분이
좋을 것 같아서.

아, 이름은 완전히 새롭지 않아도 되는 것 같더라고.

어떤 사람은 무슨 나무랑 같은 이름이고, 어떤
사람은 꽃이랑 이름이 똑같고,

또 어떤 사람은 이름이 색깔 이름이고, 소리가 나는

뚜벅뚜벅,

이름도 있고,

　그러니까 사람이 아닌 것의 이름이 사람 이름도
되기도 하더라고. 진짜 신기하지.

　우리가 여기 온 지 얼마 안 됐잖아, 나는 너보다
아주 조금 먼저 온 거고……

　근데 나는 여기에서 하루하루가 되게 신기하거든.

　뭐 이렇게 높고 무서운 것도 있지만. 아무튼 그런
것도 다 신기하잖아.

　근데 제일 신기한 건 그 수많은 신기한 것 중에서
특히 더 신기한 게 있는 거야.

　다 신기한데 거기에서도 좀 무서운 거, 이상한 거,
떨리는 거, 재밌는 거, 좋은 거?

　그런 게 하나씩 생기고, 막 그게 내 안에서 분류가
되더라고. 도서관처럼.

　그니까 내 안에 도서관이 하나 생기고 있는 것 같아.
뭔지 알겠어?

　내 도서관에 뭐가 하나씩하나씩 채워지는 거지.

　그러다보면 그중에 내 이름도 하나 생길 수도 있나?

너는 어떤 이름을 가지게 될지 궁금하다.

여기에서 너가 갖고 싶은 이름을 꼭 찾으면 진짜
좋겠다.

음. 아무튼, 우리 곧 만날 수 있으면 좋겠다.

우리 만나면, 어, 그러면……

그때 나를, '랑'이라고 불러줄래?

그래. 나는 이걸 내 이름으로 할게.

안녕? 내 이름은 랑이야.

너는 이름이 뭐야?

다음에 만났을 때 꼭 알려줘.

이랑이
준이치에게

이 글은 준이치가 숨을 거두기 몇 시간 전, 집에 단둘이 있을 때 준이치에게 들려준 말을 녹음해 텍스트로 변환한 것입니다.

2025년 2월 27일에서 28일로 넘어가는 밤이에요. 막스 리허터의 〈SLEEP〉을 틀고 숨을 헐떡이는 준이치 손을 잡고 있어요. 준이치 손발이 좀 차갑고, 산소줄 없이는 지금 숨이 잘 안 쉬어져요.

우리는 모두 누군가와 헤어지고, 살다가 죽어요.

그 사실을 알고 있지만 경험하는 것은 달라요.

인간은 육체를 가지고 다른 물질들과 만나요.

아무것과도 접촉하지 않고 살아가는 것보다, 신체적으로 감정적으로 다른 존재와 접촉하면서 사는 것이 저는 좋다고 생각해요. 그 접촉이 주는 따스함과 알 수 없는 짜릿함과 쾌락, 그런 것들이 분명 존재하거든요.

이랑이

제가 살면서 가장 많이 만진 나 외의 생명은 바로 준이치예요.

준이치 몸 구석구석 여기저기 만지면서 20년 동안 우리는 함께 살아왔어요.

나는 준이치 몸을 잘 알고 있을까요?

준이치는 내 몸을 잘 알고 있을까요?

준이치는 나를 몸으로 기억할까요?

나는 준이치의 몸을 어떻게 기억하게 될까요?

너무너무 만지고 싶을 땐 어떻게 할까요?

너무 작아서 한 손으로 잡아도 충분했던 아기 고양이의 몸을 지나, 이상한 비율로 이곳저곳이 길쭉해지던 준이치. 점점 배가 나오고 뼈가 보이지 않게 살이 차오르던 준이치. 넓적 둥그레지는 얼굴과 노란색이던 게 점점 옅은 녹색으로 변하던 준이치의 눈. 함께 살던 옥탑방 창고에서 욕조에 몸을 담그고 있으면 창문을 뛰어넘어 들어와 시멘트 바닥에 흐르는 물줄기를 핥아 먹던 준이치. 옥상으로 나가는 철문을 손으로 밀어 열던 준이치. 감옥같이 창살이 있는 창문 앞에 앉아 창문 밖에 있는 나를 바라보던 준이치. 마땅한 장난감이 없어도 긴 끈을 흔들며 그걸 가지고 신나게 놀던 우리 둘. 그때 우리가 갖고 놀던 장난감이라고는 기다란 운동화 끈과 작은 펠트공 몇 개밖에 없었는데. 우리는 작고 가난한 집에서 집으로 열 번 넘게 이사하며 2006년부터 2025년까지 함께 살고 있어요. 이제 서른아홉 살이 된 내 인생에서 20년의 기억을 함께한 이 생명이 정말 대단하고 신비로워요.

어쩜 이렇게 사랑스러울까?
매일매일 어쩜 이렇게 사랑스러울까?
고양이 준이치의 나이를 얘기하면 사람들은 "와, 정말 오래 살았다" 그렇게 말하는 초고령묘예요.
살아 있는데. 지금도 살고 있는데.

(준이치가 고개를 들고 일어나보려고 시도하지만 기력이 없어 쓰러지길 반복한다.)
지금 오줌이 싸고 싶나요? 오줌은 바지에 싸도 되는데요.

이랑이

걱정 말고 바지에 오줌 싸도 괜찮아요. 내가 다 알아
서 해줄게요.

걱정하지 마요. 일어날 수가 없잖아요. 그냥 싸도 괜
찮아요. 응, 괜찮아. 그냥 싸도 괜찮아.

아가야, 괜찮아.

(준이치 다시 눕는다.)

준이치가 숨을 많이 헐떡거리고 있어요. 숨쉬기 많
이 힘들어 보여요.

내가 할 수 있는 건 산소줄을 코밑에 가져다주는 것
밖에 없어요.

손을 만지면서 말을 거는 것밖에 없어요.

준이치 몸이 이제 끝이라고 신호를 보내고 있어요.

우리는 사랑하고 우리 사랑은 끝이 없는데.

이 세상의 시간과 수명이 끝이 있다고 말하고 있어요.

그런 신호를 나에게 보여주고 있어요.

나는 이 몸을 만지는 걸 정말 좋아해요.

정말정말 좋아해요.

아마 앞으로도 영원히 그리워할 거예요.

너무나 사랑해요.

너무나 사랑해요.

그 말밖에 할 게 없어요.

우리 같이 잘까요?

준 이 치 가
이 랑 에 게

이 글은 살아 있는 모든 존재와 소통하는 능력이 있는 대만 친구가 2025년 2월 27일 밤 11시경 준이치와 연결하여 주고받은 내용을 이랑에게 전해준 것입니다.

준이치는 말했다.

"몸이 가볍고, 금빛이 가득한 빛을 많이 볼 수 있어. 천사들이 나를 데리러 오고 있어. 얼마나 더 걸릴지는 모르겠지만, 많은 천사들이 와 있어.

이랑은 지금 많은 것들을 마주하고 있는 것 같아. 함께해주지 못해서 미안해. 하지만 내가 떠난 후에는 모든 것이 잘될 거야, 점점 더 좋아질 거야. 그러니까 이랑은 너무 슬퍼하지 않았으면 해. 우리는 아주 멋진 곳에서 다시 만날 거야.

J는 좋은 사람이야. 하지만 그가 그녀와 함께하는 시간을 조금 더 많이 가졌으면 좋겠어. 그녀와 함께 크

게 웃어줘야 해."

　나는 준이치에게 이랑이 그를 아주 사랑한다는 걸 알고 있냐고 물었다.
　그는 안다고 말했다.
　그에게 아직 하고 싶은 일이 있는지 물어봤다.
　그는 날씨가 좋은 날, 푸른 잔디 위를 함께 걷는 모습을 보여주었다.
　그는 자신이 떠난 후에도 이랑이 자주 산책을 하길 바랐다.

　준이치가 말했다.
　"나는 이랑을 사랑해. 그녀도 내가 그녀를 사랑한다는 걸 알고 있어."
　"나는 아주 행복해. 그러니 후회하지 말아줘."

　이랑이 하고 싶은 말이 있다면 직접 그에게 밀해도 돼.
　준이치는 모두 이해할 수 있어.
　그리고 지금은 그의 몸을 계속 만지지 말아줘.

이랑에게

그는 가볍게 떠나고 싶어.

하지만 손은 잡아도 괜찮아.

준이치는 이랑에게 말했다.

"밥을 잘 먹어야 해. 밥을 먹으면 힘이 생길 거야."

확실하게 사랑해주어
고마워

준이치가 나의 곁을 떠나 자유가 되었다. 울고 웃으면서 준이치를 기억하고 그리워하면서, 내가 아니라 준이치가 되어 나를 돌아보았다. 나에게는 '귀여운 고양이' '내 꺼' '내 아기'였지만, 준이치는 준이치대로의 삶을 충실히 살았을 뿐이고, 그의 눈에는 오히려 내가 '안쓰러운 랑이' '내 짝꿍' '지켜주고 싶은 사람'이었을 것이다. 실제로도 그랬으니까.

자신이 떠나는 날을 선택하고 실행하는 준이치의 계획성. 나와 J가 잠깐 잠든 틈을 타 맞이한 마지막 숨. 준이치 산소방 옆에 이부자리를 펴고 자던 내 발치에

뜨듯하게 적셔오던 준이치의 마지막 오줌. 내 발치에 서너 개의 작은 똥과 자기 몸과 내 이부자리를 적신 오줌과 약간의 피와 침을 흘리며 누워 있던 준이치.

"수고했어, 고마워, 사랑해"라는 말밖에 할 수 없었다. 두 시간 전까지도 똘망똘망한 눈빛으로 나를 마주보던 준이치. 숨이 빠져나간 뒤로 그의 몸에는 숨과 빛이 함께 사라져 있었다. 유연하게 움직이던 몸뚱이는 딱딱하게 굳기 시작했고, 수 시간이 지나자 핑크색이었던 준이치의 코와 발바닥이 점점 하얗게 변했다. 약 다섯 시간 후, 동물 장례식장에 도착했을 땐 보랏빛으로 변해가던 준이치 코.

셀 수 없이 많이 부른 준이치의 이름. 내 몸속에 영원히 남을 우리가 주고받은 사랑의 기억. 그리고 준이치가 아프기 시작한 뒤 바뀐 내 생활의 모습과, 짧은 외출에서 돌아올 때마다 현관을 마주보고 계단을 오르며 매일매일 했던 생각. '준이치가 죽어 있으면 어쩌지.'

고마워

놀랍게도 준이치가 떠난 직후부터, 내 가슴에는 시원한 해방감과 찢어질 듯한 그리움의 고통이 마구 뒤섞여 소용돌이쳤다. 물리적인 돌봄과 접촉의 시간은 사라졌고, 따스한 사랑과 그 기억과 그리움이 남았다. 하지만 '이곳에 생존하는 준이치는 없다'는 감각은 너무 명확했다.

없는 채로 남은 확실한 사랑. 놀랍고 놀랍다. 한 생명과 이토록 엄청난 교류를 나누는 경험을 내가 했다는 것이. 그리고 준이치가 그 20년의 시간에 기꺼이 동참해준 것이 정말 놀랍고 뿌듯하고 자랑스럽다.

사랑스럽고 자랑스럽다. 모두에게 자랑하고 싶다, 이 사랑을.

내 시야의, 내 발치의, 내 품안의 준이치는 없다. 보이지 않는다. 하지만 준이치는 있다. 그래서 행복하고 자유롭다. 우리가 접촉했던 모든 시간이 사랑스럽고 자랑스럽다. 우리는 정말 최선을 다해 함께 살아갔다. 이토록 뿌듯한 죽음을 다시 맞이할 수 있을까.

엄청난 수의 사람들이 준이치와 나의 시간과 사랑을 축복하고, 이별을 애도한다. 준이치를 떠나보내며 그리워하는 사람들의 말. 이랑이 앞으로도 잘살기를 기원하는 말. 그것들이 나를 많이 울게 한다. 함께하는 애도는 이토록 아름답다.

자신의 생에서 사랑만을 남기고 자유롭게 떠나는 생명은 어쩜 이렇게 아름답고 귀할까.

나의 곁에 이렇게 멋진 생명이 20년 동안 함께 살았다는 것이 믿기지가 않는다. 준이치 사진을 보고 있으면, 어딘가의 집에 사는 엄청 귀여운 고양이를 멀리서 보는 '랜선이모' 같은 마음이 된다. 정말 기분이 이상하다. 언니가 준이치를 만나 꼭 안아줬으면 좋겠다. 둘은 이런 대화를 나눌 것 같다.

"준이치! 나 랑이 언니 슬이야!"

"알아. 나는 랑이 짝꿍 준이치야."

사이좋게 지내.

나는 잘게.

고마워

사랑해.

잘 자.

연대기

_I Have Lived a Life

1986년 0세

1월 5일   서울 영등포구 당산동, 영등포 기독산부인과에서 출생.
인큐베이터.

1987년 1세

경기도 성남시로 이사.

1988년 2세

장애를 가진 남동생 출생.
동생 수술 등 이유로 언니와 함께 외할머니 집에 맡겨짐.

1989년 3세

언니 유치원에 따라다님(정식 입학 ×).

1990년 4세

유치원 입학.

1991년 5세

유치원 졸업.

1992년 6세

초1, 경기도 대하국민학교 입학.

1993년 7세

초2, 경기도 희망대초등학교 전학.

1994년 8세

초3.

1995년 9세

초4.

1996년 10세

초5.

1997년 11세

초6, 희망대초등학교 졸업.

1998년 12세

중1, 경기도 성남여자중학교 입학.

1999년 13세

중2, 경기도 군포시 산본으로 이사, 경기도 수리중학교 전학.

2000년 14세

중3, 수리중학교 졸업.

2001년 15세

고1, 경기도 안양여자고등학교 입학, 2주 등교 후 등교 거부.
안양여고에서 자퇴 수리를 안 해줘서 수리고등학교로 전학과 동시에
당일 자퇴.

2002년 16세

검정고시 합격, 안양에 있는 화실 다님.
월간 문화잡지 〈PAPER〉에서 일러스트/만화 일 시작.
수능 고시 첫번째 응시(그냥 재미로 봄).

2003년 17세

미술 과외 시작. 수능 공부를 위해 아빠가 언어영역 선생님으로 있는
재수학원 입학. 수능 고시 두번째 응시. 겨울, 홍대 앞에 있는 미대
입시학원 입학. 홍대 미대(회화과) 입시 실패.

2004년 18세

재수학원 재입학, 미술학원 1년 재수, 미술학원 근처 고시원 입주.
수능 고시 세번째 응시. 홍대 미대 회화과 입시 2차 실패.

2005년 19세

한예종 영화과 입시 합격.

중학교 동창 민주 사망(알바하는 곳 화재).

2006년 20세

3월 준이치 첫 만남, 한예종 영화과 입학.

서울 석관동 옥탑방으로 이사.

2007년 21세

대학 2학년 1학기 휴학.

홍대에 있는 이태리 레스토랑 주방에서 1년 동안 일함.

2008년 22세

학교 근처 재개발 지역에서 잠시 빈티지 옷가게 오픈(3개월 후 폐업).

2학년 1학기 복학, 2학년 2학기 휴학, 학교 동아리실/작업실 입주.

2009년 23세

엄마 집으로 잠시 이사, 작업실에서 여름나기, 여름방학 몽골 여행.

2학년 2학기 복학.

10월 임신/임신 중절.

11월 단편영화 〈변해야 한다〉 촬영.

2010년 24세

3학년 1학기 단편영화 〈변해야 한다〉 완성. 여름방학 프랑스 파리

여행. 3학년 2학기 휴학. 9월부터 작업실 거주 시작(겨울나기).

11월 트위터 시작.

2011년 25세

1월   음반사 미팅, 4학년 1학기 복학.

6월   졸업영화 〈유도리〉 촬영.

8월   싱글앨범 〈잘 알지도 못하면서〉 발매.

2012년 26세

3월   첫번째 일본 투어, 〈유도리〉 완성.

8월   한예종 코스모스 졸업(뒤늦게 3학년 2학기 수업 몰아서 들음).

8월   정규 1집 〈욘욘슨〉 데뷔, 〈프로펠러〉 MV 제작.

2013년 27세

서울 보광동 원룸으로 이사, 웹드라마 〈출출한 여자〉 제작.

만화 『이랑네컷만화』 출간.

노원 상원초등학교, 산마을고등학교 창작음악 강사.

친구에게 일본어 레슨 받음.

2014년 28세

서울 망원동 쓰리룸으로 룸메 두 명과 함께 이사.

웹드라마 〈주예수와 함께〉 제작.

에세이 『내가 30代가 됐다』 출간.

2015년 29세

『MY BIG DATA』(공저) 출간.

웹드라마 〈집단과 지성〉 제작(과정에서 파투).

첫번째 대만 공연/출장.

2016년 30세

1월 서울 망원동 2층 투룸으로 룸메 1명과 함께 이사.

4월 웹드라마 〈게임회사 여직원들〉 촬영.

6월 13일 친구 M 사망.

7월 〈신의 놀이〉 MV 제작.

10월 정규 2집 〈신의 놀이〉 발매.

11월 〈런어웨이〉 투어.

12월 〈신의 놀이〉 쇼케이스.

에세이 『대체 뭐하자는 인간이지 싶었다』 출간.

2017년 31세

2월 〈웃어, 유머에〉 MV 제작.

한국대중음악상 최우수 포크노래상 수상(하며 트로피 성매 퍼포먼스).

8월 웹드라마 〈오! 반지하의 여신들이여〉 제작.

온스타일 〈열정 같은 소리〉 방송 정기출연.

12월 〈임진강〉 MV 제작, 프랑스 파리 공연.

2018년 32세

학자금대출 전액 상환.

11월 에세이 『대체 뭐하자는 인간이지 싶었다』 일본 출간. 일본판

제목 '슬프고 멋진 사람'.

언니 〈전국노래자랑〉 출연하는 데 응원하러 감.

12월 일민미술관 퍼포먼스 〈크라우드 워크〉,

『나다운 페미니즘』(공저) 출간.

2019년 33세

2월 　도쿄 FEVER 단독공연, 〈런어웨이〉 앨범 발매.

4월 　망원동 3층 투룸으로 이사.

3월 　친구 D 간암 진단,

　　　D의 치료비 모금을 위한 〈알리바바와 30인의 친구친구〉 기획.

4월 　베이스 멤버 군대 가기 전 마지막 투어(서울, 부산, 대구).

5월 　『내가 30代가 됐다』 일본 출간.

6월 　베를린 공연, 〈그러면〉 라이브앨범 발매.

7월 　〈런어웨이〉 투어.

8월 　'서울인기페스티벌' 공연.

　　　오리사카 유타와 〈조율〉 라이브 촬영.

9월 　나고야 공연, 옥천 공연과 여행.

10월 　오리사카 투어(일본), 마나미 카쿠도 협연(서울, 벨로주).

　　　소설집 『오리 이름 정하기』 출간.

2020년 34세

코로나 슬슬 시작.

2월 　마지막 일본 서쪽 투어.

6월 　싱글 〈환란의 세대〉 발매.

7월 　D 사망.

　　　'여우락페스티벌' 공연.

　　　『좋아서 하는 일에도 돈은 필요합니다』 출간.

　　　〈비릿be:lit〉 이랑 특별호 출간.

11월 　『오리 이름 정하기』 일본 출간.

　　　아메노히 10주년 축하 공연.

12월 　준이치 구내염 진단.

2021년 35세

2월 준이치 특발성 유미흉 진단.

7월 『괄호가 많은 편지』(공저) 출간. 〈대화〉 MV 촬영.

8월 자궁경부암 진단, 〈임진강〉 7인치 발매.

정규 3집 〈늑대가 나타났다〉 발매.

9월 〈늑대가 나타났다〉 일본 발매.

10월 자궁경부암 수술.

11월 『모쪼록 잘 부탁드립니다』(공저) 출간.

12월 〈의식적으로〉 단독공연(서울, 벨로주).

12월 10일 언니(이슬) 사망.

2022년 36세

한국대중음악상 '올해의 음반' '최우수 포크음반' 싱

서울가요대상 '올해의 발견상' 수상.

4월 『쓰고 싶다, 쓰고 싶지 않다』(공저) 출간.

8월 '펜타포트락페스티벌' 'DMZ뮤직페스티벌' 출연.

언니 1주기 단독공연 〈PRIDE〉.

2023년 37세

싱글 〈삶과 잠과 언니와 나〉 발매.

세종문화회관 낭독극 〈왜 내가 너의 친구라고 말하지 않는 것인가〉 제작.

단편 〈잘 봤다는 말 대신〉 제작.

눈 희귀병(원추각막) 진단 및 수술.

서울퀴어퍼레이드 축하 공연.

라이브앨범 〈PRIDE〉 발매.

〈KYOTO EXPERIMENT 교토국제무대예술제 2023〉에서

〈1から不思議を生きてみる〉 퍼포먼스.

대만 음악상 GIMA 심사위원.

망원동 쓰리룸으로 현 파트너 J와 함께 이사.

EP 〈왜 내가 너의 친구라고 말하지 않는 것인가〉 발매.

'아시안팝페스티벌' 출연.

『괄호가 많은 편지』 일본 출간.

수원시립미술관 2인전.

싱글 〈Names of Water〉 발매.

일본 단독공연 〈There is a Wolf: Lang Lee 2 Nights in Tokyo〉,

대만 'Vagabond Festival' 출연과 단독공연.

대만 음악가들과 콜라보 작업 늘어나며 중국어 배우기 시작.

준이치 투병 4년 차(유미흉, 심장병, 갑상선, 구내염 등등) 마라톤.

12월 국회 앞 윤석열 탄핵집회 200만 명 시민 앞에서 30명의
     페미니스트들과 함께 〈늑대가 나타났다〉 공연.

새 앨범 작업을 위해 미디 프로그램 공부 시작.

대만 가수 정의농鄭宜農과 듀엣곡 〈寬寬仔來到祢的身邊: 천천히
당신 앞으로 나아가〉 발매.

EBS 〈스페이스 공감〉 '2000년대 한국대중음악명반 100 시리즈:
이랑 편' 방영.

싱글 〈SHAME〉 발매. 한국, 일본 단독공연 〈SHAME〉.

2월 28일 준이치 사망.

엄마와 딸들의 미친년의 역사
ⓒ이랑 2026

1판 1쇄 2026년 3월 12일
1판 4쇄 2026년 4월 3일

지은이 이랑

기획·책임편집 이연실
편집 이자영 이희연 이정은 염현숙
일본 오리지널 편집 타케하나 스스무
디자인 이혜진
마케팅 김도윤
브랜딩 함유지 이송이 박민재 김하연 신은서 이준희
미디어콘텐츠 함근아 김은솔 박다솔
저작권 박지영 수은수 오서영
제작 강신은 김동욱 이순호
제작처 한영문화사(인쇄) 경일제책(제본)

펴낸곳 (주)이야기장수
펴낸이 이연실
출판등록 2024년 4월 9일 제2024-000061호
주소 10881 경기도 파주시 심학산로 10, 201호
문의전화 031-8071-8681(마케팅) 031-8071-8684(편집)
팩스 031-955-8855
전자우편 pro@munhak.com
인스타그램 @promunhak
ISBN 979-11-94184-56-0 03810